JN020674

赤ちゃんを秘密で出産したら、一途な御曹司の溺愛が始まりました

marmaladebunko

吉澤紗矢

marmalade bunko
マーマレード文庫

目次

赤ちゃんを秘密で出産したら、一途な御曹司の溺愛が始まりました

赤ちゃんを秘密で出産したら、一途な御曹司の溺愛が始まりました

第一章　忘れられない彼との再会

『怖気づいた？　だったら無理しない方がいい』
そう忠告されたのに、後戻りは出来なかった。
心は舞い上がり、出会ったばかりの彼以外は見えなくなっていた。
初めて恋を知り、初めて抱かれ言葉に出来ないほどの幸せを知った夜。
だけど夢のような幸せは長く続かずに砕け散り、現実を知った。
自分の愚かさを嘆き、そして誓った。
もう二度と間違わない。
そして、失望の中宿った新しい命に全ての愛情を捧げようと――。

エントランスの自動ドアを通りやって来たのは、ネイビーのスーツを見事に着こなした長身の男性だった。彼は無駄のない動きで周囲を一瞥してからこちらに向かい歩いてくる。

（あの人かな？　かなり若そうだけど）

受付カウンターの近くで待機していた小桜詩織《こざくらしおり》は、一歩前に進み出た。

来客予定は国内最大手の食品商社筒宮《つつみや》ホールディングスの営業部長。詩織が勤務する中堅食品メーカー小桜食品にとって、とても大切な取引先で商談も社長自ら対応する。

このような役員への来客対応は本来秘書の仕事だけれど、事情があり詩織が急遽代役を引き受けた。

詩織は顧客と顔を合わせる機会が少ない総務部の福利厚生担当社員のため相手の顔を知らないが、他にそれらしい来客はないし遠目にも感じる男性の堂々としたオーラは大企業の役員に相応しい。

そう思ったのだけれど、相手との距離が近づくにつれ、戸惑いを感じ始めた。

なぜか彼に、ある人物の面影が見えたのだ。

もうずっと顔も見ていないのに、決して忘れられない人。

こんなところにいるはずがない。そう分かっているのに、疑う気持ちがなくならない。

男性の視線がこちらに向き顔がはっきりと見えた瞬間、心臓がドクンと軋んだ。

（……大雅《たいが》！）

疑惑が確信に変わり詩織は激しく動揺する。まさかと思う。

だけどすれ違っただけで記憶に残るほどの端整な顔立ちは、間違いなく本人だ。

初めて会ったとき、美形とはこういう人を言うのだと納得したのを今でもよく覚えている。

完璧に左右対称なアーモンド形の瞳はどこまでも澄んでいて、見つめられるとときめく心を鎮めるのに苦労した。それでも目を逸らすことなんて出来なくて……彼と最後に会ったのは四年以上前のことだ。

少なくない時間が流れ詩織の環境は激変した。

けれど彼は今でもあの頃のように、抗いがたい魅力を放っている。

想定外の出来事に驚愕している間に、彼は目の前に迫っていた。

戸惑いながらも、頭を下げる。

「いらっしゃいませ」

上手く声が出せるか心配だったが、思ったよりも冷静な態度が取れた。

「筒宮ホールディングスの筒香《つつごう》と申します。小桜社長との打ち合わせに参りました」

詩織は小さく息を呑む。

（大雅が社長のお客様……）

状況から予想はしていたものの、内心動揺でいっぱいだ。それでもなんとか顔を上げ無理やり笑顔を作る。

「筒香様、お待ちしておりました」

近い距離で視線が重なった。詩織とは違い大雅の方は平然と相槌を打った。

（あれ？　私だって分かってないの？）

少し傷ついた。四年ぶりの再会とはいえ、一時は付き合い体の関係もあったというのに。

（でも……気付かれなくてよかったのかな）

詩織は彼に対して大きな秘密があるのだから。

もし再会することがあったら話そうと思っていたけれど、実際そのときが来た今、迷いが生まれている。

（今更、伝えても困らせるだけかもしれないもの）

彼にとって詩織との付き合いは四年で顔を忘れる程度のものなのだから、だったら、この先も詩織の胸に秘めていた方がいいのかもしれない。

どちらにするにしても、すぐに決断は出来そうにない。

詩織は小さく息を吐き、仕事用の笑みを浮かべた。

「七階の応接室にご案内させていただきます」

詩織の先導でエレベーターに乗り込む。

中規模の自社ビルのため、エレベーターの箱はそれほど大きくない。訳アリの相手とふたりきりでしかも無言というのは、かなりの気まずさがあった。

大雅にとっては訪問先の社員の案内を受けているだけで、何も感じていないだろうけれど。

エレベーターが最上階の七階に到着した。

このフロアは役員室と秘書室、役員用の会議室と応接室がある。

一般社員の出入りが少なくとても静かなせいか、エレベーターから降りても緊張感がまぎれない。

「応接室はこちらです」

「詩織？」

社長の待つ部屋に向かおうとしたとき、それまで無言だった彼が不意に発言した。

途端に心臓がひやりとするのを感じ、詩織はごくりと息を呑んだ。

（今、名前を……）

聞き間違いではない。彼は確実に声にして言った。

恐々と振り向くと、見定めるようにしていた大雅と視線が重なる。

すると彼がまとっていた怜悧な雰囲気が消え、親しみに溢れるものに変わり始めた。

「やっぱり詩織だ」

まだ返事をしていないというのに大雅は詩織本人だと確信しているようだ。

口調も気さくなものになっている。

逆に詩織は口の中がカラカラになるような緊張感に苛まれていた。

「あ、あの……」

反応の悪い詩織に、大雅が怪訝な顔をする。

「え？　もしかして俺のこと覚えてないのか？」

「いえ、覚えてます……お久しぶりです」

「なんだ、分かってたのなら名乗ってくれてもよかったんじゃないか？」

「私だと気付いていないように見えたので言わない方がよいかと。仕事中ですし」

大雅は自然な飾らない笑みを浮かべた。

「そんな気を遣わなくてよかったのに。俺は詩織だって確信するまで時間がかかった」

「私、そんなに変わりましたか？」

確かに、四年前とは環境が変わり外見の変化はある。

大雅の知っている頃から比べると体重が五キロ以上落ちて、そのせいか顔つきも変化しているし、歳を重ねたことと、メイクの効果も合わせて、かつてのように童顔とは言われなくなった。

内巻きのミディアムヘアは、ストレートロングになり、仕事中は邪魔にならないようにまとめている。

服装も仕事用に落ち着いた色合いのシャープなデザインだ。

それらが原因で、ぱっと見ただけでは詩織と分からなかったのだろう。

大雅は詩織を改めたように見つめ、それから微笑んだ。

「ああ、とても綺麗になった」

その言葉は不意打ちだった。

（大雅が私を〝綺麗〟だって言うなんて）

心がくらりと揺れて落ち着かない。

そんな動揺を隠したくて、努めて冷静さを装い微笑んで流す。

「ありがとうございます」

「まさか仕事先で再会するとは思わなかったな。あ、そうか。もしかして詩織は社長の親類なのか?」

大雅が何かを発見したときのような、はっとした顔をする。

〝小桜〟という苗字から社長との関係を推測したのだろう。

だけど今驚いているのは、これまで詩織と小桜食品を結び付けたことがない証拠だ。

詩織が再会しないと思い出せないような印象の薄い存在だったのか、単にリンクさせて考えなかったのか。

どちらにしても、気付かないのは無理もない。

(私たち、相手のことをあまりにも知らなかったから)

詩織は真剣な気持ちで付き合っていたつもりだが、お互いの家庭環境など深い話をしたことはなかった。それが不自然だと感じる間もなく別れて縁が切れた。

「詩織?」

大雅が、返事を促すように呼びかけた。

「仰る通り社長は私の父ですが、私の方こそ驚きました。筒香さんが筒宮ホールディングスの重役だなんて」

大雅は僅かに眉をひそめた。

恐らく敬語と苗字呼びを続ける他人行儀な詩織の態度に、違和感があるのだろう。

「家業なんだ。話したことなかったか？」

「家業……筒宮ホールディングスの御曹司だったのですか？」

目を瞠る詩織に、大雅が苦笑いする。

「御曹司って柄でもないけどな。知ってるだろ？」

彼が何か企んでいるような悪戯っぽい眼差しを向けてきた。

（ああ、よくこんな表情をしていたな……）

思い出が浮かび上がり、自然と言葉が飛び出した。

「確かに。第一印象は、良家の子息というより手慣れた遊び人でしたね」

「おい、それは言い過ぎだろ？」

「ふふ、ごめんなさい」

楽しそうに笑う大雅に釣られるように、詩織もつい笑ってしまったが、次の瞬間にはっとして我に返った。

短い時間で油断をし軽口まで叩いている自分自身を省み、かなり複雑な心境になった。

大雅との再会に不安を覚えるのと同時に、浮き立つような気持ちがこみ上げてくる。

状況は昔とまるで違っているのに、心だけが恋をしていたあの頃に戻ってしまったみたいだ。

彼と出会い、良いことも悪いことも経験し、一時は恨みもした。

それなのにいざ再会して思い出すのは幸せだったことばかり。

このままでは、流されて更に余計な発言をしてしまいそうだった。

「あの、そろそろ移動を。社長が待っています」

空気を変えようと仕事を持ちだす。するとまだ何か話したそうにしていた大雅も頷いた。

「そうだな」

応接室まで詩織の先導で向かう。

その間、後ろからの視線を強く感じて落ち着かなかった。

「こちらです」

応接室のドアの前に着き内心ほっと息を吐く。

同時に大雅が小声で囁いた。

「ありがとう。続きは後でゆっくり話そう」

返事は出来なかった。落ち着かない心を宥めながら、ドアを開き彼を席に案内してから部屋を出る。

(ゆっくり話す？　そんなの無理だわ)

長い時間が経った今もまだ割り切れていなかった。彼のひとことで心は揺れて、平然としていられないのだと思い知ったから——。

◇◇

詩織が筒香大雅と初めて会ったのは四年前の夏の初め。

二十歳になったばかりのある夜に過保護で厳しい両親の目を盗み、同じ女子校出身の親友である内藤絵麻《ないとうえま》と一緒に訪れたダイニングバーでのことだった。

詩織にとって初めての夜遊びで、当然バーで飲むのも初体験。

期待しながら足を踏み入れた店内は想像よりも薄暗く、独特な雰囲気があった。それぞれの時間を楽しんでいる人々は皆大人に見える。

子供っぽい自分は場違いではないかと引け目を感じたとき、ぽんと肩を叩かれた。

『詩織、なにぼんやりしてるの。早く行こう』

『あ、ごめん』

絵麻と共にスタッフが案内してくれた席に着く。とりあえずお酒をと思いドリンクメニューを見たが、馴染みのないものばかりで何を頼めばいいのか悩んでしまった。

『絵麻は、何を頼むの？』

『私はスプモーニ。詩織は初めてだから甘いカクテルでいいんじゃない？　これとか好きだと思うよ』

戸惑いながらも絵麻に勧められたお酒をオーダーして、改めて周囲を見回す。

『みんな大人っぽいよね、私たち浮いてない？』

『大丈夫だって。そのために頑張ってお洒落して来たんでしょ？』

『うん』

『滅多にないチャンスなんだから楽しもう』

初めは感じていた緊張も絵麻とおしゃべりをしている内に慣れて段々リラックスしてきた頃、隣のテーブルに着いた男性グループが声をかけてきた。

『よかったら一緒に飲まない？』

詩織たちよりも少し年上、恐らく社会人だろう。場慣れした華やかな雰囲気の男性三人だった。

『え？　あの……』

想定外の状況に言葉に詰まってしまう。

詩織は中学校の頃からずっと女子校育ち。

厳しい家庭環境だったこともあり、同年代の男性と関わる機会がほとんどなく、恋愛経験ゼロなのはもちろん、男性への免疫も少ない。

そのため都会的で洗練された大人の男性に対して、どう反応すればいいのか分からなかったのだ。

『私たちここに初めて来たんです。お勧めがあったら教えてください』

戸惑う詩織とは違って絵麻は羨ましくなるくらい堂々としていた。

詩織とそう変わらない家庭環境のはずなのに、生来社交的な性格なのか、初対面の相手に対しても余裕がある。

詩織がぼんやりとやり取りを眺めている内に話はまとまり、男性グループと同じテーブルで勧められるままお酒を飲んでいた。

『ふたりは大学生なんだ。俺たちも大学時代の連れ』

『もう卒業されてますよね？　今はどんなお仕事を？』

一番明るい雰囲気の男性の問いかけに、絵麻がそつなく対応する。

『俺は商社勤務。こいつは……』

彼らの話は刺激的で楽しかったが、詩織はその中のひとりが特に気になっていた。

華やかなグループの中でも一際目を引く男性だ。

彼の名前は大雅と言い、近くの会社に勤めているとのこと。

あまり口数は多くないけれど、決して人に壁を作っている訳ではなく親しみやすい雰囲気がある。

ただそれでも気軽に話しかけるには躊躇いを覚えた。

彼は詩織が今まで知り合った誰よりも整った顔をしていて、そのせいで必要以上に意識してしまうから。

あまりじろじろ見ては失礼だと分かっているけれど、気になって仕方がない。

何度目かで視線を感じたのか、彼がこちらを向いた。

まともに目が合い、顔に熱が集まる。

ますます恥ずかしくなって視線を落とそうとしたとき、彼がくすっと笑ったのが気配で分かった。

『え？』

なぜ笑われたのだろう。戸惑う詩織に大雅は魅力的に微笑んだ。

『可愛いな』

『か、可愛い？』

今、自分が褒められたのだろうか。このとびきり素敵な男性に？

あたふたする詩織に、大雅は目を細めて相槌を打つ。

『うん、初々しくて可愛い』

『そ、そんなことないですけど』

『こういった場は初めてだよね？』

『はい。あの、分かるんですか？』

初めてと言った覚えはないけれど。

『分かるよ。今日はどうして？』

大雅が質問と共に距離を縮めてきたので心臓がドクンと跳ねた。

いちいち大袈裟な反応をする自分が情けないけれど、この魅力的な男性の前で平然とするなんて詩織でなくても多分無理だ。

『あの、前からこういった雰囲気のお店に憧れていて、先日二十歳になったので来てみました』

『二十歳、若いな』

『大雅さんも若く見えますよ。何歳なんですか？』

苗字を知らないので仕方ないが、〝大雅さん〞と名前を呼ぶのに緊張した。
(慣れなれしいと思われたかな?)
少し心配だったけれど、彼は何も気にしていないようだ。
『俺は二十四』
詩織より四歳上だ。世間的には若いが、詩織から見ると遥かに洗練された大人に映る。
『グラス空だな。次は何にする?』
大雅は結構面倒見がいい人のようだ。
『ええと、どうしよう。何がいいのかよく分からなくて』
『だったら俺が選ぼうか?』
『え?』
『強いのを勧めたりしないから大丈夫』
大雅はそう言い、ピンク色の可愛らしいカクテルを頼んでくれた。
アルコールはきつくないと言っていたが、詩織は体がフワフワするのを感じていた。
楽しそうに会話をする絵麻の声が遠くに聞こえる。
お酒だけでなく、この場の雰囲気に酔ってしまったのかもしれない。

ぼんやりしていると、大雅から『はい』と水の入ったグラスを渡された。

『ありがとうございます』

（本当に気が利く人なんだな）

他の男性がどうかは知らないけれど、とてもスマートな人だと感じる。場慣れしているとはこういう人のことを言うのだろう。

（大人って感じだよね……）

比べて自分の子供っぽさが気になり始めた。

（お洒落して来たつもりだったんだけどな）

五分袖のクリームイエローのワンピースは一番気に入っている服だったのに良いと思えなくなっている。顎のラインより少しだけ長いミディアムヘアと薄目のメイクも学生といった感じで、雰囲気が足りない。

（せめて絵麻みたいに華やかに巻いたロングヘアならよかった）

そうしたらもう少しは大人っぽく見えたはずなのに。

などと考えていると、大雅が僅かに首を傾げる。

『一生懸命何を考えてるんだ？』

『え？』

『表情がころころ変わるから。少し前まで楽しそうにしてたのに、急にがっかり顔になった』

『……そんなに顔に出てましたか？』

恥ずかしくなって熱を持った頬を手で隠すと、彼に『隠し事が出来ないタイプだな』なんて言い当てられてしまった。

『情けないです』

『どうして？』

『だって子供っぽいって呆れましたよね？』

彼の周りにいる女性は、きっと彼に相応しい大人っぽい女性ばかりに違いない。

『全然、可愛いって思ったけど？』

『か、可愛くないですよ』

そう言いつつもさらりと流せずあたふたしてしまう。リップサービスと分かっているのに、心が浮き立つのを止められない。

そんな詩織を余裕の笑みで見つめる彼との経験の違いをまざまざと感じていた。

楽しい時間が過ぎるのは早いもので、気付けば二十二時を三十分も過ぎていた。

まだまだおしゃべりしたい気持ちがあるものの、さすがにそろそろ帰らないといけないとなり、名残惜しいながらも絵麻とふたりで店を出た。

『楽しかったね。いろいろな話を聞けて有意義な時間だった』

絵麻は満足したように晴れやかな笑顔だ。

『どんな話をしてたの？』

『政治経済かな』

『ええ？』

詩織は思わず顔をしかめた。そんな話の何が楽しいのだろう。

絵麻は苦笑いをする。

『興味なさそうだね。そういう詩織はあのとびきりいい男と何を話してたの？』

『え？』

『見てたよ。いい雰囲気だったじゃない』

『そんなんじゃないけど。話の内容だって世間話のような感じだったし』

今思い出すと詩織はフワフワと舞い上がった気持ちで会話の内容も実のあるものとは言えない。

彼に見つめられると胸がときめき、逃げ出したくなるような恥ずかしさを感じた。

だけどもっと話したくて。内容なんて何でもよかったのだ。
『ねえ、もしかして好きになっちゃった？』
詩織の心を見透かしたような絵麻の言葉。
『まさか！　今日初めて会った人なのに』
慌てて否定したけれど、絵麻のニヤニヤは止まらない。
『一目惚れしたんだ』
断言されて詩織は言葉に詰まった。
（一目惚れ？　そんなことってある？）
確かに信じられないくらい素敵な人だと思ったけれど。
（相手のことをよく知らないのに。苗字も普段何をしている人なのかも聞いていない）
そして詩織も自分について話さなかった。
その場限りの軽い会話。楽しかったしそれでいいのだと思っていた。
だけど胸の中に後悔のような後味の悪さが生まれていた。
（もう二度と会えないんだ）
せめて連絡先くらい聞いておけばよかった。

だけどあの場ではそんなこと言い出せなかった。

彼が詩織との会話を楽しんでくれていたかも分からない。笑顔だったけれど、大人の彼はきっと感情を上手く隠せる。

だから踏み込むような発言は出来なかった。断られるのが怖かった。

自信も勇気も持てなかったのだ。


絵麻とは路線が違うため、途中で別れた。

急ぎ足でJRの駅に向かう彼女の後ろ姿を見送って、詩織は小さな溜息を吐いた。

楽しいときの終わりを感じ、憂鬱さが増していく。

このまま家に帰りたくない。

今夜は両親が母の実家での初盆の集まりに行ったため不在にしていて明日まで戻らない。大学生になっても厳しい門限がある詩織にとって、珍しく羽目を外せる時間なのだ。

他にも入ってみたいバーがある。だけどひとりで初めての店に入る気にはなれなかった。

(結局、大人しく帰るしかないんだよね)

諦めて踵を返し私鉄の駅に向かおうとした。しかしそのとき、予想外の声が耳に届いた。

『詩織ちゃん』

『えっ？』

低く艶やかな声はまだ記憶に新しい。まさかと思いながら振り返ると、そこにはバーで別れたはずの大雅が佇んでいた。

『大雅さん？　どうしてここに？　他の人たちは……』

『あいつらはまだ飲んでる。俺は帰るところ』

大雅は私鉄の駅の方に視線を向ける。

『あ、同じ路線なんですね』

詩織は心が浮き立つのを感じていた。

もし方向も同じなら一緒に帰ることが出来る。

絵麻には否定したけれど、大雅に惹かれている心はもう誤魔化しようがなかった。

（こんな簡単に恋するなんて）

二十年間恋愛経験がなかったし、人見知りな性格だからこの先も簡単には恋なんて出来ないと思っていたというのに。

『友達は？』

『少し前に別れました。彼女は門限ぎりぎりで急いでいて。私は行きたいお店があったし、もう少しゆっくりしたい気分だったんですけど、ひとりでうろうろするのに躊躇いがあって。やっぱり帰ろうとしていたところです』

『そうなんだ……詩織ちゃんは門限大丈夫なの？』

『普段は門限が厳しいんですけど、今日は両親が不在なので特別なんです』

こんな機会は当分訪れないだろう。だからこそまだ帰りたくなかったのだけれど。

『ひとりで入り辛いのなら俺が付き合おうか？』

まるで詩織の気持ちを読んだかのような誘いだった。

『え……でも、大雅さんはもう帰ろうとしていたんですよね』

正直言って魅力的な誘いだった。普段出来ない夜遊びをもっと楽しめるうえに、相手が彼なのだから。でも飛びついて是非にというのはさすがに図々しいだろう。

『そうだけど、用がある訳じゃないし少し付き合うくらいなら大丈夫。行きたいところがあるんだろ？　どこ？』

大雅はどことなく楽しそうに見えた。彼の方も飲みたい気持ちになったのだろうか。

（本当に私と飲みたいと思ってくれてる？　それとも気を遣ってるのかな？）

どちらにしても、そこまで言ってくれているのに断るのは逆に悪い気がした。

『じゃあ、少しだけお願いします』

『了解』

答える声が、優しく聞こえてほっとする。

『私が行ってみたいのは』

詩織はバッグから急ぎスマートフォンを取り出して、目的の店を表示して大雅に見せた。

地酒を扱う店だが、気に入ったのは内装の方だ。詩織の好みにぴったり合っていた。

『ああ、ここね。近くだよ』

『ご存知なんですか?』

『何回か行ったことがあるんだ』

『そうなんですね』

大雅の自然なエスコートで店に向かう。歩く速度は詩織に合わせてくれているのかゆっくりだ。

長身でスタイルの良い彼が背筋を伸ばして堂々と歩く姿は素敵だった。

洗練されていてモデルだと言われても納得する。見惚れているのは詩織だけでなく、通り過ぎるときに振り返る人もいた。

得意になるつもりはないけれど、気持ちが舞い上がるのを抑えられない。

(こんなにカッコイイ人と私が一緒にいるなんて、信じられない)

だけどこれは夢でもなく現実だ。

『到着』

大雅が立ち止まり詩織を振り返って言った。

『あ……本当にすぐ側だったんですね』

希望した店に来たというのに、がっかりした気持ちになっていた。

(もう少し一緒に歩いていたかった……って私なに考えてるの?)

相手は今日会ったばかりの人なのに、どうしてこんなに惹かれるのだろう。

頭がフワフワして冷静な思考が出来ない。でもこの感覚に浸っていたいと思う。

『カウンターでいい?』

大雅に聞かれて詩織は頷いた。

珍しいヒノキで作られた大きなカウンターは、ホームページで見て気になっていたのだ。

横に広いカウンターの端に彼と並んで座る。椅子が思ったより高めだった。座り心地はよい。

カウンターの向こうの棚も重厚な木の造りだった。そこに沢山のお酒が並んでいる。

興味深く眺めていると、大雅に聞かれた。

『カウンターに座るの初めて？』

『こういう感じのお店のは。ちょっと憧れてました』

世間知らずと思われそうだが、見栄を張っても仕方がない。

『本当に箱入りなんだな。もしかしてお嬢様？』

『いえ、そんな大したものじゃないんですけど』

詩織の父は中堅食品メーカーの社長だ。母の実家も同程度の会社を経営している。

世間から見れば十分お嬢様と言える立場なのだろう。

ただ小学校の頃から通っていた女子校の友人の中には、誰もが知っているような大企業の社長令嬢や政治家の娘もいた。本物の令嬢をよく知っているからか、自分は平凡としか思えない。

『そうなんだ？　立ち振る舞いがそれっぽく感じたんだけどな』

大雅は慣れない詩織のために地酒を頼んでくれた。それから重くないおつまみを何点か。

家庭環境については深く聞くつもりはないようだった。

『大雅さんは普段どんな仕事をしているんですか？』

『いろいろだよ。今は仕入れの関係を担当してる』

今はということは、ときどき担当が変わるのだろうか。会社勤めの経験のない詩織にはよく分からない。

続く話も詩織にとっては難しいものばかりだったが、彼の低い声が穏やかに言葉を発するのを聞くのは心地よかった。

『このお酒美味しいですね。甘いのにすっきりしていて』

『あまり飲み過ぎると帰れなくなるぞ』

調子に乗ってごくごくと飲む詩織を、大雅が優しく窘める。

『大丈夫です。フワフワした気持ちだけど気持ち悪くなったりはしないし。私、お酒に結構強かったみたいです』

『はは、それは心強いな。でも今夜はここまでにしよう』

大雅はしょうがないなとでも言うように笑って、詩織のグラスを取り上げた。

完全に子供扱いだ。

『大丈夫ですよ』

ちょっとふくれながらも忠告に従い、次はオレンジのフレッシュジュースにした。

『あ、これも美味しい。オレンジも新鮮』

『楽しそうだな』

機嫌良く言う詩織に、大雅も笑った。

『はい。今夜は本当に楽しいです。初めての経験ばかりで、少し大人になった気分』

『羨ましいな』

『羨ましい？』

『俺は初めての経験なんてもうほとんど残されてないなと思って』

大雅はそう言い、グラスを傾けた。

（そっか、大雅さんは大人でもう何でも経験済みだから）

何をやっても新鮮味がないのだろうか。それはとてもつまらないことのように思えるが、大人になるとはそういうことなのかもしれない。

（少し寂しいよね、でも……）

『大雅さんも楽しそうにしているように見えましたよ』

さっきの笑顔は演技だったとは思えないのだけれど。

大雅はふわりと微笑み、それから詩織の方にやや体を寄せてきた。

『詩織ちゃんと過ごすのは楽しいよ』

『えっ？』

心臓がどくっと跳ねる。

（私といると楽しいって……本当？）

社交辞令の可能性が高い。舞い上がっては駄目だと言い聞かせても、詩織を見つめてくる大雅の眼差しが冷静な思考を奪ってしまう。

彼からは大人の男性の色気をこれでもかというほど感じる。

恋愛経験どころか男性と接する機会の少ない詩織がその魅力に抗うのは難しい。

『あの……私も大雅さんとこうして話していると嬉しいです』

とても恥ずかしいのに気持ちを取り繕うことなんて出来なくて、思ったままを口にしてしまう。

まるで告白みたいだ。

大雅は少し驚いたように目を瞠ってから、ふわりと笑った。

『ありがとう。嬉しいな』

心が明るくなるような綺麗な笑顔だった。胸がときめくのを止められない。

『本当ですか？』

　幸せで、この時間がずっと続けばいいと思う。
（このままさよならしたくない、連絡先聞いてみようかな）
詩織といると楽しいと言ってくれたのだから、無下に断られる可能性は低いと思う。
とはいえ実際に口にするのは相当の勇気がいる。
なかなか思い切れないでいる内に、体に異変を感じ始めた。
視界が揺れて上手く定まらないのだ。
（あれ？　私酔っぱらってるの？　でもソフトドリンクに変えたのに）
あれからアルコールは飲んでいない。
『どうした？　大丈夫か？』
詩織の様子に気付いた大雅が心配そうに問いかけてくる。
『なんだか視線が定まらなくて。変ですよね、大分前にお酒をやめたのに』
『後から酔いが回ることもある。気持ち悪くはないか？』
『大丈夫です』
気分は悪くない。体が上手く動かないだけだ。
『帰ろう。家まで送る』

大雅はそう言いながら立ち上がる。終わりの時間が来たことに気落ちしながら、詩織も彼に続いて立ち上がった。

バーを出ると大雅が手を握ってきた。大きくて筋張ったいかにも男と感じる手に包まれて、ドクンドクンと鼓動が高鳴る。

『最寄り駅は？　自宅までは徒歩？』

『はい、歩きで駅は……あっ！』

最寄り駅を答えようとしたとき、力の入らない足がよろけてしまった。

地面に倒れそうになるのを大雅の腕が助けてくれる。

『大丈夫か？』

『あ、ありがとうございます』

腰をしっかりと支える彼の手に意識が集中する。男の人にこんな風に触れられるのは初めてだ。だけど少しも嫌じゃない。

むしろもっと彼と近づきたいと願っている自分に内心驚いた。

『タクシーの方がいいかもしれないな』

大雅は詩織の腰のあたりを支え、タクシーを捕まえるためＪＲの駅に方向を変える。

乗り場まではあと五分くらいで着くだろう。

（車に乗せられたらそこでさよならになる。それでいいの？）

嫌だと思った。この人ともっと一緒に過ごしたい。

そんな気持ちが膨らみ黙っていられなくなった。

『あの、まだ帰りたくありません』

『え？』

大雅の顔に戸惑いの表情が浮かぶ。

『だってとても楽しかったから、もう少しこのままで……』

『……気持ちは分かるけど詩織ちゃんはかなり酔ってるし、次の機会にした方がいい』

大雅はそう言ったけれど、詩織はすぐに首を横に振った。

『次の機会なんていつ来るか分かりません。私の両親はとても厳しくて夜遊びなんて許してくれないですから。それにそんなに酔ってませんよ』

『酔ってるよ。自分じゃ分からないだけだ』

苦笑いと共に返されて、詩織は苛立ちのような感情がこみ上げた。

『自分のことくらい分かります。大丈夫です。私、まだ大雅さんと一緒にいたくて……』

感情的になって反論したため、本音が隠しきれなかった。

大雅が急に歩みを止めたことで、はっと現実に返ったときには既に遅い。

彼は僅かに目を瞠った後、小さな溜息を吐いた。

きっと迷惑に感じているのだろう。当然だ。今日知り合ったばかりの相手が駄々をこねているのだから。

『あの……ごめんなさい。私、大雅さんの迷惑も考えず自分のことばかりで』

普段の詩織は決して我儘な方ではない。誰かに無理なお願いをすることなんてないし、どちらかと言うと自己主張をせずに周囲の空気を読む方だ。

そもそもこんな大胆な発言なんて出来ない性格なのに。

自己嫌悪に陥りながら謝る詩織に、大雅は凛々しい形の眉を困ったように下げる。

『思ったより積極的なんだな』

はっきり言われ詩織の頬に熱が集う。

『ごめんなさい』

今日知ったばかりの相手に恋をして浮かれてしまった自分が恥ずかしい。顔を赤くしながら項垂れる詩織の頬に大きな手がそっと触れた。

『謝ることはないだろ?』

とても優しい口調だった。頬に触れる手も労わりを感じるもので、詩織にうんざりしている人の言動とは思えない。

『……我儘を言って迷惑をかけてるから』

それなのに彼は優しい。詩織のことなんて冷たく放り出しても何も困らないはずなのに。

『迷惑だなんて思ってないけど』

囁くような声に、鼓動が高鳴る。

『でも、さっきすごく困った顔をしていたから』

『それは……』

彼は一旦言葉を止めて、また溜息を吐いた。その様子がやけに色っぽい。

『詩織ちゃんが俺の理性を崩すようなことを言うから。これでも抑えてたんだ、気付かなかった？』

『え、抑えてたって？　あの……』

『連れて帰りたい気持ちを抑えてた』

（連れて帰りたいって私を？）

それは大雅も同じ気持ちでいたということだろうか。

（私のこと、少しは気に入ってくれたのかな？）

『でもやっぱりここで帰った方がいい』

『え？』

舞い上がっていたところに予想外の言葉だった。戸惑う詩織に、大雅はふっと魅力的に微笑み囁いた。

『そうじゃないと今夜は帰せなくなるよ？』

ドクンと今日一番の衝撃が体に走った。

（それって……今夜一緒に過ごすってこと？）

恋愛経験が一切ない詩織でも友人との会話や、ＳＮＳで得た情報からある程度の知識はある。

恋人がいない自分には関係のないことだと思っていたけれど、漠然と憧れる気持ちはあった。

『怖気づいた？　だったら無理しない方がいい』

分かっていたけれど大雅は詩織に比べたらずっと大人だ。気負いや動揺なんて一切ない。

実際彼にとってこんなことはよくあるのかもしれない。

そのとき、ようやく気が付いた。
『あの……大雅さんは恋人は？』
考えてみたらこんな素敵な男性に相手がいない訳がない。だけど彼はすぐに否定した。
『いたら誘ったりしない』
（本当に？）
それなら、もし彼にとって今夜限りの気まぐれだったとしても、悲しむ人はいない。
そう思ったら枷が外れたように、詩織を見つめる魅力的な視線に抗えなくなった。
『帰りません』
詩織の迷いは消えていた。
『……っ。あ、大雅さん……』
大きな手と熱い唇が詩織の剝き出しの肌に触れる。
その度に走る甘美な感覚に頭が真っ白になりそうだった。
『大丈夫か？』
大雅は初めての詩織を気遣うように優しく触れてくれた。強引でも性急でもなく詩織の反応を確かめながら少しずつ。

ベッドに入ってすぐはカチカチだった体からいつの間にか力が抜けて、吐息と自分でも恥ずかしくなるような甘い声が漏れるようになるまでそう時間はかからなかった。

彼はとても慣れていて何もかもがスムーズだった。

彼が詩織の足を広げ、腰を押し付けてきたときの痛みも苦痛も覚悟していたほどはない。ただただ嬉しかった。

夢中になって彼の温もりを感じるのは言葉に出来ないくらい幸せで、時間を忘れて求め合った。いつ眠りに落ちたのかは覚えていない。


そして迎えた朝。目覚めると理想的な顔が目の前にあった。きりっとした眉の下には美しく澄んだ瞳。薄い唇がゆっくり動く。

『おはよう』

『……おはようございます』

詩織はまだ夢見心地のまま小さな声で答える。

昨夜の出来事は本当に夢のようだった。

連れて来られた彼の自宅マンションで、情熱的に抱き合って……本当に満たされた時間だった。

『体はどう？』

『大丈夫です』

朝が来て夢から覚めたら彼の態度が変わってしまうかもしれないと不安だった。

だけど今、変わらず優しい眼差しが詩織に注がれていて泣きたいくらいほっとした気持ちになった。

『よかった』

そう言って笑う顔を好きだと思う。

出会ってからの時間なんて関係ないくらい彼に惹かれている。後悔なんて少しもしていない。

彼がゆっくり上半身を起こした。

『起きるんですか？』

横たわったままそう問いかけると、優しく頭を撫でられる。

『シャワー浴びてくる。詩織はまだ寝てろ』

肌を重ねたからか、彼は詩織と呼び捨てるようになっていた。

その変化は驚くくらい自然だった。詩織も大雅と呼び捨てるように言われたが、照れくさくてすぐには難しい。

（何もかもが私よりずっと大人なんだな……）

彼の言葉に甘えて目を閉じる。正直言って体はとても疲れていたから。

しばらく微睡んでいると、体をゆすられた。

『ん……』

目を覚ますと、白いシャツをラフに羽織った大雅が詩織を見下ろしていた。

彼はぼんやりとしたままの詩織を見て、目を細める。

『そろそろ十時になる。時間は大丈夫？』

『あ……駄目です、起きなくちゃ』

急に思考が覚醒した。

両親の帰宅は夕方の予定だから、それまでには家に着かなくては。

『シャワー使うだろ？　お湯も溜めてある』

『ありがとう』

バスルームまでは大雅に案内してもらった。昨夜は部屋に来てすぐにベッドになだれ込んでしまったので室内の様子を把握する余裕はなかったが、改めて見るとひとり暮らしにしては、かなりゆとりのある広さの間取りのようだった。

バスルームにはタオルと昨日着ていた服が用意してあった。下着は洗濯してくれたようだ。彼に見られたのかと思うと恥ずかしかったが、替えがなかったので助かった。

(気遣いがすごい)

こういうシチュエーションには慣れ切っているのだろうか。

恋人はいないと言っていたけれど、恋愛経験は絶対に豊富だろうし。

彼に借りていたシャツを脱ぎ、バスルームに入る。

温かいお湯を頭から浴びると、気分がとてもすっきりとした。

同時にさまざまな考えが脳裏をよぎる。

(これからどうなるんだろう)

昨夜は一夜の関係でも良いと覚悟したのに、実際彼に抱かれたらそんな簡単に割り切れなくなってしまった。

この先もずっと傍にいたい。

(ちゃんとした恋人同士になれたらいいのに)

でも彼は同じ気持ちでいてくれているだろうか。

抱き合っていたとき、彼がどんな表情だったか覚えていない。そんな余裕はなかったから。

（彼に触れられていると目を開けていられなくなっちゃったし……）
思い出すと心が千々に乱れてしまう。油断すると脳裏に浮かび上がる光景を振り切るように首を振ってから髪を洗い始めた。

汗を流し湯舟に浸かると疲れがすっと引いていく気がした。
十分温まってから出て、身支度をして少し迷ってからダイニングに向かった。
『温まってきた？』
大雅はそこにいて、出迎えてくれた。
『はい』
『簡単なものだけど食事の用意をした。食べよう』
言われて見ればテーブルには、フレンチトーストとグリーンサラダが。
『え？　これ大雅さんが？』
『味には自信ないけど、食べられないことはないと思う』
彼はそうと言いながら、ダイニングセットの椅子を引いてくれる。
『ありがとうございます。大雅さん、料理出来るんですね』
意外だった。なんとなく家事はしないイメージだったのだ。

『ひとり暮らしが長いからな』

フレンチトーストはパンにしっかりと卵液が染み込んでいて美味しかった。

野菜も新鮮で、まめに買い物をしているんだろうと察せられる。

『すごく美味しいです』

『本当？　良かった』

大雅は嬉しそうに顔を輝かせる。

『次はもっと手の込んだもの作るから期待しておけよ』

とても自然に出たその言葉に、詩織は目を見開いた。

（次もあるの？　そう思ってくれてるの？）

『また会ってくれるの？』

詩織の発言が意外だったのか、大雅は目を見開いた。

『当たり前だろ？』

当然と言われて嬉しくないはずがない。それまで感じていた不安が霧散していく。

詩織は笑顔で頷いた。

その後お互いのメッセージアプリのＩＤを交換してから、大雅に駅まで送ってもらい電車に乗って自宅に帰った。

彼は自宅まで送ると申し出てくれたが、予定よりも時間が遅くなってしまったことで帰宅する両親と鉢合わせする危険があったため断った。

詩織より一時間遅く、両親が帰宅。

嘘をついて外泊した気まずさを覚えながら少し会話をして自室に戻り、スマートフォンの着信を確認した。

早速大雅からメッセージが届いていた。内容は次会う日についてだった。

（本当にまた会ってくれるんだ）

まるで夢を見ているような舞い上がった気持ちになる。

すぐに了承の返信をした。

返信があるかもしれないと待っていたが、彼は忙しいのかその日のやり取りはそれで終わりになったのが残念だった。


大雅と出会ってからの二カ月はあっという間に過ぎていった。

彼とは、週に一度くらい会って食事をするというリズムが出来ていた。

食後は彼の部屋に遊びに行き、お互いを求め合う。

ふたりきりで過ごす時間は甘く刺激的で、会う度に彼に夢中になっていった。

恋をしているからかお洒落に関心が強くなった。少しでも彼に相応しくなりたくて、ヘアアレンジとメイクを研究したりなど自分なりに努力した。

大雅は詩織の変化にすぐに気付き、その度褒めてくれる。

はっきり付き合おうと言われてはいないが、恋人同士になったと思っていいのだろうと詩織は受け止めていた。

(優しいし、私の都合に合わせて毎週時間を作ってくれてるんだから。好きでもない相手にそんなことしないよね?)

詩織の門限が厳しいのは変わらないので、夜に家を出ることは叶わない。そんな詩織の事情に合わせて、昼のデートにしてくれている。彼はそのことに文句ひとつ言わない。

大切にされていると感じる。だからこの先も幸せな日々が続くと、何の疑いもなく信じていた。けれどその願いは突然容易く打ち砕かれたのだ——。

第二章　秘密

来客対応を終えて総務部の自席に戻った詩織が真っ先に行ったのは、筒宮ホールディングスとの取引内容の詳細について調べることだった。

大きなプロジェクトだったらその分打ち合わせも多くなり、今日のように大雅が小桜食品に出入りする可能性が高くなりそうだ。

見かけたことはないけれど、これまでも大雅が来社したことがあったのだろうか。

社内の共有データを検索すると、ある程度の情報はすぐに出てきた。

筒宮ホールディングスと取引が始まったのは昨年度の三月。今から約二カ月前だ。

小桜食品が新規で扱うようになったワインを、彼らが全国展開するレストランで扱うという計画のようだ。

(あのワインはうちが専売契約をしているものだから)

国内のワイナリーでの知名度は低かったのだけれど、小桜食品が販路を広げた結果、口コミで段々人気が出てきたものだ。

筒宮ホールディングスは早速それに目を付けたらしい。

小桜食品よりも遥かに規模が大きく、レストラン事業も全国展開している彼の会社で扱えば更に売上はアップするだろう。

ここ数年売上高が停滞して成長出来ていない小桜食品にとって、絶対に上手く進めたい商売。だから社長自ら行うのも理解出来る。

(でもよりによって担当者が大雅だなんて)

詩織は小さく溜息を吐いてから、筒宮ホールディングスのホームページを開き、会社概要を表示した。大雅は重役だからここに名前があるのではないかと考えたのだ。

(……本当にあった)

役員一覧の一番下の方に〝筒香大雅〟と彼の名前がしっかり記載されている。

一覧の筆頭の会長、社長の苗字も筒香だった。やはり大雅が経営者一族だというのは本当なのだ。

だけど、確かな証拠を目の当たりにした今でも信じられなかった。

(大雅が誰もが知ってる大企業の御曹司だなんて)

特別際立った容姿をして、とても注目を浴びる人だけれど、仕事についてはごく普通の会社勤めの人だと思い込んでいたのだ。

(再会だけでも驚きなのに……これからどうしよう)

彼はまた後で話そうと言っていた。屈託なく、昔の知り合いに再会して喜んでいるような雰囲気すら漂わせていた。

酷い別れ方をしたのに、四年経って、当時の不信感はすっかり忘れたのだろうか。短い期間付き合った程度の相手に対しては、そんなものなのかもしれない。けれど詩織は違う。

(大雅とはある程度の距離を置けたらいいんだけど)

何度も会ったら詩織の複雑な気持ちすら見透かされてしまいそうで怖い。

彼との間には解決しなくてはならない問題があるからこそ、冷静になれるまで時間が欲しい。

仕事については今日がイレギュラー対応だっただけで、今後直接顔を合わせる機会はないはずだ。

詩織の連絡先は、彼と別れた後に変更している。

(社内で会わないようにすれば大丈夫なのかな。連絡先を調べてまで私と連絡を取りたいとは思わないだろうし)

当分の間は社長のスケジュールを確認して、彼が来そうな時間はフロアから出ないようにして過ごそう。そう決心した。

詩織は基本的に残業しない。勤務終了の午後五時になるとすぐにパソコンの電源をオフにして席を立つ。

そして急ぎ足で家に帰るのだ。

この習慣は入社して以来変わらない。そしてあと数年は続けると決めている。

会社から電車利用で三十分ほどの場所に、両親と住む自宅がある。

いわゆる高級住宅街と呼ばれるエリア。都心の割りに周囲には自然が豊かでありながら交通も便利な場所で環境に恵まれている。

詩織が住宅街の中では平均的な大きさの一軒家の玄関ドアを開けると、小さな足音と共に可愛らしい声が聞こえてきた。

「ママ！」

玄関とリビングを繋ぐ廊下を、満面の笑みの幼児がとことこと走ってくる。

顎のラインで切り揃えたフワフワの髪に真っ白な肌、大きな瞳の将来が楽しみな美少女は小桜雅《みやび》、三歳。詩織の娘だ。

「おかえりー！」

今日も元気いっぱいにお迎えの突撃をしてくる愛娘を、詩織はよいしょと抱っこした。

　平均より小さく生まれたけれど、最近は大分体重が増えてきて、段々と抱っこが大変になってきた。

　急に言葉が増えてすっかりおしゃべりになって……子供の成長は早いなと感じる日々。

　それでも雅はまだまだ甘えん坊で、外出から帰ったママにくっつきたくてたまらないようだ。

「ただいま雅。遅くなってごめんね」

　最速で帰ってきているけれど、甘えてくる姿を見ると謝りたくなる。平日の日中は仕事で不在にしているので、寂しい思いをさせていると常日頃から申し訳なく思っているのだ。

　シングルで娘を育てているからこそ、仕事を大切に頑張りたい。

　だからどうしても一緒に過ごす時間が少なくなってしまう。

　とはいえ詩織はかなり恵まれている方だ。父の経営する会社に事務員として入社出来たから就職活動に苦労はしなかったし、人員整理などで突然クビになる心配はない。

同居する両親が家事と子育てに協力してくれている。

「ママ、ごはん、たべよ」

雅は詩織の手を取り、リビングへと促そうとする。

「ちょっと待って、手を洗ってからね」

「はーい」

玄関近くの洗面所に行き手を洗う間も、雅が後をついてきた。

いつもこうやって帰りを楽しみに待ってくれていて、在宅中は嬉しそうに詩織の側にいる。

ひたすら愛情を向けてくれる娘が可愛くて仕方ない。日中嫌なことがあっても、大抵彼女の明るい笑顔で吹き飛ぶ。

「ママ、はやくはやく」

雅に急かされ廊下の先の扉を開く。

広いリビングルームの先にはダイニングルームがあり、丁度母が夕食の準備を整えているところだった。

「お帰りなさい、今日はぶりの煮つけよ」

「ただいま、いい匂いだね。すぐに着替えてくる」

母にそう答えてから自室に向かう。もちろん雅も一緒だから彼女の小さな手を引き、階段を上った。

詩織と雅が使っているのは二階の東側にある二部屋。元々詩織の個室だった部屋と隣の空き室の間の壁を撤去して、一続きの間にリフォームしたものだ。

一部屋を寝室として、もう一部屋は多目的に使用している。

寝室のクローゼットの前で着替え始める。雅はその間詩織の後ろに位置するベッドにちょこんと座り、次々と話しかけてくる。

「ママ、きょうね、ゆうちゃんにあったの」

ゆうちゃんとは同じ区画に住む、悠太という名前の男の子だ。雅と同じ歳で家が近いので自然と親しくなった。

ゆうちゃんの両親は感じが良く親切な人で、地域の育児サークルなどにはなかなか参加出来ない詩織に、いろいろな情報を教えてくれる。

「ゆうちゃんと遊んだんだ、よかったね」

「うん！　いっぱいおはなしした！」

「そうなんだ。何を話したの？」

返事をしながら、オフィス用のブラウスとスカートを脱ぎ、ゆったりとしたルームワンピースに着替える。

「たくさんだよ！　ゆうちゃん、どーぶつえんにいって、たのしかったたって」

くるりと振り返ると、真ん丸な目で詩織を見つめる雅と目が合った。その瞬間、彼女は嬉しそうににこりと笑う。

「ママ、かわいーね」

突然そんなことを言い出した娘に、詩織は思わず笑ってしまった。

「急に何言ってるの」

「だってかわいいんだもん。ゆうちゃんのママもいってたよ」

一体どんな会話をしていてそんな流れになったのだろう。褒めてもらえるのは嬉しいけれど、少し複雑な気持ちにもなる。

「そっか……嬉しいな」

詩織は二十一歳で雅を出産したから、母親としてはかなり若い方だ。しかも父親がいないから、事情を詮索されることがある。そんなとき大体若くて可愛いお母さんねと言われるのだけれど、一見褒め言葉のそれは、嫌味が含まれていることもある。

（ゆうちゃんのお母さんは、悪い意味では言わないだろうけど）

今は雅を実家で面倒を見てもらっているけれど、来年からは保育園の幼児クラスに通わせるつもりだ。

一気に知り合いも増えるだろう。彼女にゆうちゃん以外の友達が出来るのは歓迎するけれど、不安もあった。

雅はこれまで父親の不在を特別気にしている様子はなかった。だけど父の日の行事や、参観日に両親揃った姿を見たらどう思うのだろう。

自分にはなぜ父親がいないのか考えるようになるのではないだろうか。

(雅が傷つかないように気を配らなくちゃ)

「ねえママ、ゆうちゃんがどーぶつえんにまたいくんだって」

「え？　また行くの？」

「うん、楽しかったからって」

そう言う雅の目に、羨望のようなものが浮かんだ。

詩織は雅の小さな体をベッドから持ち上げて抱っこした。

「ママ」

雅が嬉しそうに体を寄せてくる。

「雅も動物園行きたい？」

「うん！　……でもママおしごとでしょ？」

しょんぼりした様子に胸が痛くなった。幼いなりに気を遣っているのだ。

「そうだね。でもお休みの日があるでしょ？　お弁当持って行こうか」

「うん！　わーたのしみだね」

雅は興奮気味に言う。その笑顔が可愛かった。


夕食と後片付けの後に雅と一緒に入浴を済ませた。一時間もすると彼女は睡魔に襲われるので、寝かしつける。それが毎日のパターンだ。

子供が寝た後は自由時間。大体は本を読んだり、パソコンで調べものをしたり、本当に疲れているときは早々に寝てしまったりするが、今夜はどれもせずに階下の父の元に向かった。

父は帰宅したばかりのようで、まだスーツ。ネクタイを緩めてリビングのソファで一休みしていた。

「お帰りなさい」

詩織が声をかけると、父の視線がこちらを向いた。

「ただいま、雅は寝たのか？」

「うん、もうぐっすり、気持ちよさそうに寝てる」

「そうか。最近随分しっかりしてきたように見えるが、まだまだ赤ちゃんだな」

父が優しい笑みを浮かべる。詩織に対しては幼い頃から厳しくて未婚で出産すると告げたときも激怒して大変だったが、今では孫に甘いおじいちゃんになっている。

「あら詩織もいたのね。あなたもお茶を飲む？」

母がキッチンの方からトレイを手にやって来た。トレイの上には湯呑がふたつ乗っている。

「ううん、大丈夫」

そう答えながら詩織は空いているソファに腰を下ろした。

「お父さん、今日、筒宮ホールディングスの役員の筒香様が来社したよね」

「ああ、それがどうしたんだ？」

詩織が仕事について聞いてくるのが珍しいからか、父が怪訝な表情になる。

「秘書の高橋《たかはし》さんが急に体調を崩して倒れたでしょ？　彼女の代わりに来客応対したのが私だったから少し気になって」

父の秘書は三十代のベテラン女性社員だ。とてもしっかりしていて父の信頼を得ているが、仕事中に貧血を起こし倒れてしまった。

他の役員秘書も席を外していたため、比較的手が空いていた詩織が代役を務めたのだ。

「ああ、お前が代わってくれたのか。ありがとう」

「うん。高橋さんも体調が戻ったみたいでよかった。それで筒香さんなんだけど、今日みたいにお父さんと打ち合わせをすることが多いの？」

社長のスケジュールは、全社員が閲覧可能なスケジューラーに表示されていない。だから知りたかったら本人に聞くのが手っ取り早い。

大雅には出来るだけ会わないようにするつもりだけれど、今日みたいに突然の遭遇で動揺しないために、事前に把握しておけたら助かる。

「今は筒宮ホールディングスとの提携を進めているところだから、打ち合わせは今後もある。でも実務の話し合いになったら部下に任せるし、こちらが伺うこともあるから、多いとは言えないな」

「そう……」

「彼と何かあったのか？」

父にそう問われ伏せていた目を上げる。予想よりも真剣な眼差しがこちらに向いていて内心どきりとした。

「何もないけど」

「彼が気になるのか?」

「え、そうなの?」

父の言葉に反応して、それまで黙っていた母まで会話に参加してくる。

ふたりとも警戒心と不安を浮かべた目で詩織を見ていた。

「気にしてなんかないから。ただあんなに若いのに役員だって言うから印象的だっただけ」

「まだ三十歳にもなっていないはずだが、彼は経営者一族だからね」

「随分若いのね。ご結婚は?」

何気ない母の問いに、詩織の心臓がドクンと跳ねた。

「独身だそうだ」

「それならお見合いの打診が後を絶たないでしょうね」

「そうだろうな」

母の言葉に相槌を打った父が詩織の方に目を向ける。

「詩織、筒香さんと会う機会があっても必要以上に親しくしないようにしなさい」

「え……どうして」

突然釘を刺すような発言をされて、動揺した。心中を読まれたような気がしたのだ。

（まさかお父さんは私と大雅の関係を知ってるの？）

そんなはずはない。両親には何も打ち明けていないのだから。

「彼の会社は今、業界他社との吸収合併に向けて大事な時期なんだ。プライベートにも気を遣わなくてはならない」

どうやら気付いている訳ではないようだ。それはよかったけれど、随分失礼な言い分だ。

「心配しなくて大丈夫。仕事でも直接関わることはないだろうし」

「それならいいんだが……」

父はそれ以上は何も言わなかったが、気にしている様子は見て取れた。

（まだ信用されてないんだな）

四年前、雅を身籠ったと打ち明けたとき、両親は詩織に失望したはずだ。

でもその後、自分なりに努力をして真面目に生活をしてきたことで、少しずつ家族の信用を取り戻せてきていると思っていた。

しかし詩織が大雅の存在に関心を持っただけで不安を与えているのなら、まだまだなのだろう。

「そろそろ寝るね。おやすみなさい」

「ああ、お休み」

詩織はソファから立ち、雅の眠る寝室に向かった。

身支度を整えてからベッドに入った。隣では雅がすやすやと寝息を立てている。

ぐっすり眠る姿はいつ見ても可愛らしくて、眺めている内に憂鬱だった心が和んでいく。

そっと頭を撫でてから詩織も目を閉じた。

だけど頭の中は大雅のことでいっぱいで、普段はすぐに訪れる睡魔がやって来ない。

無理に眠るのを諦めた詩織は暗闇の中で目を開いた。

（彼との再会で、こんなに心を乱されるなんて……）

四年という短くない月日が流れ、もう過去に出来ていると思っていたのに。

ときどき思い出すことはあったけれど、心は乱れなくなっていた。偶然再会したら何を話そうかなどと考える余裕もあった。

だけど……。

（実際再会したら全然駄目。会話すらまともに出来なかった）

大雅は雅の父親だ。

だけど彼は娘の存在を知らない。

妊娠に気付いたのが別れた後で、そのときはもう大雅と連絡が取れなくなっていたからだ。

両親には父親が誰か分からないと言い雅を生み、産後しばらくは日々の生活に忙しく育児以外について深く考える余裕がなかった。

大雅に対して怒っていたので、彼を気遣う気持ちにもならなかった。

後悔を覚えたのは出産後一年が過ぎた頃。

大雅との別れで負った心の傷が雅と過ごす日々で癒されていく内に、何の断りもなく、勝手に彼の子供を生み育てていることを罪深く感じ始めたのだ。

とはいえ、大雅を探すにも手がかりがない。

付き合っていた期間は短かったし、お互いの家族や友人に紹介もしていなかったから。

とても薄っぺらい付き合いだった。

(だからこそ、簡単に別れられたんだよね)

恋が終わるのは本当に一瞬の出来事だった——。

◇◇

初めての恋に舞い上がり大雅に夢中になっていた詩織が、現実を知ったのは付き合い始めて三カ月が過ぎた頃。

秋の気配が増した十月のある夜のことだった。

両親が急に外出することになり、思いがけない自由時間を得た詩織は、大雅のマンションに行ってみようと思い立ったのだ。

連絡はしなかった。ちょっとしたサプライズをしてみたくなったのだ。

きっと彼は喜んでくれるだろうと、ワクワクした気持ちになっていた。

けれどマンションに着いた詩織が目にしたのは、大雅が若い女性を伴いエントランスに向かう姿だった。

彼が近くにいた詩織に気付きもせずにマンションの中に入り、そのままエレベーターホールの方向に進んでいく様子がガラス窓を通して見えた。間違いなく部屋に連れて行くのだろう。

時刻は夜の八時を過ぎている。しかも彼は女性の肩を抱き体がぴったりと密着する状態で、ただの友達とは考えられなかった。

（すごく親しい……まるで恋人みたい）

信じたくないが、はっきり見てしまったため、否定出来ない。

（彼が浮気をしていたなんて……）

遠目にも美しい女性で、明らかに詩織よりも洗練されたファッションだった。

客観的に見て美形同士で、大雅の相手にはああいう女性が相応しい。

それでも納得出来なかった。彼はいつだって優しくて、詩織を大切にしてくれていると感じていたから。

咄嗟に身動きが取れなかった。動けたとしても声をかけて止める勇気なんて持てたか分からないが。

そうこうしている間に大雅はエレベーターに乗り込んでしまった。

ドアが閉まり、彼の姿が視界から消える。

（本当に……行ってしまったんだ）

ショックは大きくて、しばらく彼のマンションの前で立ち尽くしていた。

もしかしたらすぐに出てくるかもしれない。

親密に見えたのは詩織の誤解。あの女性は仲の良い友達で、ちょっと部屋に立ち寄ったけ……そんな僅かな期待が捨てきれなくて。

けれど、いくら待っても、結局彼も女性も出てこない。ふと思い立ってスマートフォンをバッグから出して着信を確認した。時刻は十時になろうとしているところで二時間近く待ちぼうけしていたことになる。

(今夜、あの人を泊める気なのかな……)

現実を受け止めると同時に心臓がバクバクと音を立て、体が震え始める。

この場からも苦しさからも逃げ出したくなった。

それでも僅かに残った気力を振り絞って画面をタップして彼に電話をした。

(待ってなんていないで、初めからこうしてればよかった)

ショックで何も出来ないでいたけれど、詩織がここにいると伝えたら、きっと彼は慌ててここに来てくれるはず。そう信じたかった。

だけど彼が電話に出ることはなく、いくら待っても折り返しも来なかった。

詩織は打ちひしがれてとぼとぼと家に帰ったが、その夜は一睡も出来なかった。

どうしてこんなことにと疑問が頭を巡る。

(あんなに優しかった大雅が私を裏切ってたなんて……)

悲しくて何も手に着かない。失望が酷くて苦しかった。

それでも心の底では希望を捨てきれなくて、連絡を待っていた。

翌日もその更に次の日も。

三日が過ぎた頃に、ようやく悟った。

この辛い状況に特別な理由なんてない。

大雅には詩織以外にも付き合っている女性がいた。それだけのことなのだと。

考えてみれば、会えない時間に彼が何をしていたのか詩織は知らない。

それどころか家族構成や勤め先。どんな友人がいるのか。プライベートなことは何も分からないのだ。

彼と会う時はいつも楽しくて幸せで満たされた気持ちだった。

だからそんな事実に違和感を持つことも全くなかった。

あまりに薄く軽い付き合いだったと気付かなかったのだ。

(きっと、遊びだったんだよね)

恋愛経験豊富そうな彼が、詩織との子供っぽい付き合いだけで満足する訳がない。

詩織は彼にとって彼女のうちのひとりに過ぎなかった。それも優先順位の低い存在。

もし詩織が本命で、あの夜の女性が浮気だったとしたら、着信を見てすぐにかけてきてくれるはず。誰といたって優先してくれるはずだから。

だけど実際は後回しにされて、その後のフォローもない。

そんな扱いをしてもいい相手と思われているということだ。

高く舞い上がっていた恋心は、一気に降下して、心は凍り付いたように頑なになっていく。

(私は愛されてなんていなかった)

それが答え。

結論は出たものの、しばらくの間は彼からの連絡を意識し続けた。

未練たらしいが、心のどこかで彼からのアクションがあると信じていたのかもしれない。だけど結局彼からは何の反応も返ってこなかった。

期待を持ってしまうのが辛くて疲れ果てたとき、本当に駄目なのだと、ようやく諦めがつき、スマートフォンのアプリを開きメッセージを作成した。

【もう会いません。さようなら】

送信した後、半ば諦めながらもやはり彼の反応を待ってしまった。

でも一日過ぎても反応がない。深く失望して、今度こそ大雅をブロックした。

少しもすっきりしなくて、苦しさはなくならないままだったけれど。

(もう大雅とは会わない。あんな酷い人、もう嫌い)

そうやって自分に言い聞かせなければ、とても耐えられそうになかった。

たった三カ月のあまりに儚い付き合いだったとしても、詩織にとっては初恋で忘れられない日々だから。

◇◇

四年前の大雅との別れは、揉めることなく、とてもあっさりしたものだった。

何しろ無反応のまま音信不通になったのだ。

当時は彼のドライさに酷く傷つき恨みもしたが、今、振り返るとどっちもどっちだと感じる。

浮気していた彼が不誠実だったのは間違いないけれど、詩織にも十分問題があった。

なぜそんなことをしたのか彼の言い分も聞かず一方的に別れを切り出し、被害者意識に浸っていたのだから。

お互いを深く知ろうとしなかった浅い付き合いだったのも、大雅だけが悪い訳じゃない。詩織だって自ら聞こうとしなかったし、自分の環境を話そうとしなかったからだ。

（あのときの女性だって、二股相手だったとは限らないし）

酔って羽目を外して、その場の勢いで連れて来た相手だったのかもしれない。

悪酔いも肩を抱いていたのも彼女としては許しがたいことだが、この世の終わりとばかりに絶望して嘆き拒絶するのは短絡的過ぎる。

とにかくもっと冷静に話し合うべきだった。

そうすれば今頃違う人生を送っていたかもしれない。シングルマザーではなく、大雅と結婚して雅を育てていて……。

（それはないか）

結婚を考えるくらい詩織を想ってくれていたのなら、浮気なんてしなかったはず。

そうでなくても、連絡を放置したりはしなかっただろう。

大雅にとって詩織はそれほど大切な存在ではなかったのだ。

もしかしたら妊娠の責任を取って結婚の方向に話が進んだ可能性もあるが、そんな義務的な関係で幸せになれるとは思えない。

少なくとも当時の自分は、気持ちがない結婚なんて絶対に無理だった。

（今の私だったら……雅のためになるなら検討するかもしれないけど）

出産と子育てを経験して詩織の考え方も変わって来ている。

今時間を遡れたらあんな対応は絶対にしていない。

(なんて、考えても仕方ないか)

今更、過去は変えられないのだから。

ただ雅に関しては悩ましい。

もし大雅に再会したら子供を生んだと伝えようと考えていたが、今日、彼を目の前にした時点で、本当にそれでいいのかと疑問を抱いた。

大企業の御曹司で、自身も高い地位に就いている彼に婚外子がいたという事実は、マイナスなのではないだろうかと。

先ほど父の話を聞いて、更にその考えが大きくなった。

大雅の会社は今大事な時期。

雅の存在はスキャンダルにも成り得るし、彼の家族にも影響がある。

それならば、これまでと同じように黙っていた方がいいと思う。

ただ一方で知らせないことについての罪悪感。そして雅に父親を教えてあげられない申し訳なさが消えそうにない。

詩織はすやすや眠る雅の頰をそっと撫でた。

(ごめんね。でもママが絶対に幸せにするからね)

友達を沢山作って、楽しい学生生活を送れたらいいと思う。大人になったら幸せな結婚をして、温かな家庭を持ってほしい。

（父親がいない分、私がもっと頑張ろう）

過去があるから両親は心配しているけれど、詩織はもう恋をする気はなかった。

雅を育てることが今の自分にとって一番大切なことだから。

ときどき胸がぽっかりと寂しくなるけれど、大丈夫。

大雅との再会で感じた切なさは、一晩経ったらきっと忘れられるはず。

第三章　攻防

大雅とは極力関わらないようにする。

詩織のそんな決意は、一週間もしない内に砕かれた。

彼が度々小桜食品を訪問するせいで、やたらと顔を合わせる機会が多いのだ。

（打ち合わせの機会は多くないはずじゃないの？）

父はそう言っていたし、一般的に考えて、重役自ら実務的な打ち合わせに訪れるのは珍しいだろう。

しかし大雅は小桜食品との取引を重要視しているのか、それともただマメなだけかは分からないけれど、頻繁にやってくる。

それだけならまだいいのだが、なぜか偶然すれ違うことが多いのだ。

オフィスの大して広くない廊下で遭遇したら無視する訳にはいかない。しかも相手は重要取引先の重役。

だから詩織の方から会釈をし、大雅は嬉しそうに笑って近づいてくる。

挨拶だけのつもりが、気付けば世間話に発展しているから困ってしまう。

（意識したくないのに……）


彼はとても魅力的だから、姿を見かけたらどうしても平常心ではいられない。

昔恋したときのままの外見と洗練された仕草に目を奪われる。

更に、以前は知らなかった彼の仕事ぶりまで見知ってしまった。

ある日珍しく部下を連れていた彼を目にしたのだが、冷静に指示する姿は、厳しいながらも、面倒見の良さを感じさせるものだった。

まさに出来る男の風格が漂う詩織の知らない彼の一面。

会えばどうしても目が向いてしまう。

無関心になれない自分が嫌で、プロジェクトが落ち着くのを待ちわびていた。


そんな風に過ごしていたある日、昼の休憩に入ろうとしていたところを大雅と偶然居合わせた。

詩織は内心慌てたけれど、彼はとても自然な口調で声をかけてきた。

「これから昼食？」

「そうですけど」

違うと言おうかと思ったけれど、外に出るためにバッグを手にしている。

嘘をついて、どこに行くのかと聞かれたら困ると思い正直に答えた。

するとと大雅はよかったとでもいうように微笑んだ。

「だったら一緒に行かないか？　俺も帰社する途中でどこかの店に入ろうと思ってたところなんだ。この辺にいいところがあったら教えてほしい」

「え……」

素早く周囲を見回しても彼はひとりらしく部下の姿はない。

つまりふたりきり。

食事をするだけと言っても最短で三十分程度はかかるだろう。その間、無言という訳にもいかない。

余計な発言をうっかりしないためにも断るつもりでいた。

けれど、丁度通りがかった詩織の上司が会話を聞いていたらしく、彼を案内するようにと言ってきたのだ。

非常に気が乗らないながらも、詩織は大雅と共にオフィスを出て、会社と最寄り駅の中間地点にある洋食屋に向かうことにした。

大通りから一本路地を入ったところにあり、お昼に行っても空席がひとつかふたつは必ずある。その割りに味がよく手ごろな値段のため、よく利用している店だった。

その日も並ぶことなく店舗の奥に位置する席に案内してもらった。

四人掛けのテーブルに向かい合って座ると、大雅は詩織を見つめ、感じのよい笑みを浮かべる。

「昼はいつも外食なのか？」

「大体は。うちの会社は社食がないから。テイクアウトして自席で食べてもいいんですが、電話が来たりで落ち着かなくて」

お昼の休憩は、一日の中で詩織がひとりになれる貴重な時間だ。

仕事中は総務部という業務上問い合わせなどが多く、常に人と関わっているし、帰宅したら雅が常にくっついている。ひとりでぼんやりする時間は意外と持つのが難しいのだ。

ゆっくり考え事をする日もあれば、頭を空っぽにしてぼんやり過ごすときもある。どちらにしても休息の時間ということには変わりない。

そんなリラックスタイムだけれど、今日は目の前に大雅がいるので少しも落ち着けない。

「詩織は何にするんだ？」

メニューを確認しながら大雅が聞いてきた。ごく自然な口調で感心する。

（大雅は少しも気まずいとか感じてないのかな）

詩織は過去にろくに理由も明かさないまま別れを宣言し、その後メッセージなどをブロックして彼を拒絶した。

普通なら怒りを感じるものではないだろうか。

短期間とはいえ付き合っていたのにまともに挨拶もせず別れるなんて、礼儀のなっていない女だと不快に感じていたとしてもおかしくないのに。

（彼が何を考えているのか分からない）

燻る不満は完璧に隠しているだけ？　それとも彼にとって本当に大した出来事ではないから感情が動かないのだろうか。

頭の中であれこれ考えていると、「詩織？」と少し大きめの声で呼びかけられた。

はっとして視線を上げると、大雅の怪訝そうな顔が視界に入る。

「どうしたんだ？　難しい顔をして」

「い、いえ何でも……」

「……何にするのか決めたのか？」

大雅は不審そうにしながらも追及はしてこなかったので助かった。

「私はボンゴレにします。それからアイスティー」

「そうか。俺はポークソテーだ」

大雅はそう言ってスマートな仕草でマスターを呼び、詩織の分も合わせて注文をした。

メニューを決めてしまうと、料理が来るまでやることがない。かといって、無言でいても居心地が良い関係ではないので落ち着かない。

何か適当な話題をと頭を悩ませていると、大雅の方から話しかけてくる。

「詩織は今、二十四歳だよな」

確認するような問いに、詩織は頷いた。

「ええ」

「大学院に進んだのか？」

「いいえ」

「だったら入社三年目になるのか？　仕事にも大分慣れてきた頃だな」

「……そうですね」

実は詩織は入社二年目だ。

雅の出産で体調を崩したのがきっかけで大学を辞めて、その後子育てが一段落してから就職したためだが、その事実を大雅に言う訳にはいかないので訂正はしなかった。

（本当に仕事には慣れてきているし、全部嘘じゃないから大丈夫）

大雅に対しては偽りばかりを伝えている。

そのせいか、自分の中の罪悪感を誤魔化すように、言い訳が頭に浮かぶ。

「詩織はどんな仕事を担当しているんだ？」

「私は……総務部勤務で主に福利厚生関係を担当しています。でも部署柄いろいろ駆り出されるので何でも屋のような感じですね」

だからこそ秘書の代わりに役員来客の対応をして大雅と再会したのだ。

「そうか。でも意外だな。詩織は大学院に進学したいって言ってたから」

「え……」

内心驚いていた。

（そんなことを覚えていたなんて）

強い意志を持って進学希望していた訳じゃない。もっと勉強したいという漠然とした希望で、世間話のついでに話しただけだと思う。

詩織自身にそのときの記憶はないくらいさらっと流れた会話だったのだ。

それなのに覚えていたなんて。

（大雅の記憶力がいいのだろうけど）

「何か問題があったのか？」

彼は少し心配そうに言う。

「いえ、そうじゃないけど、ただ気が変わっただけです」

「そうか」

一旦会話が途切れる。その間に頼んでいた料理が運ばれてきた。

「いただきます」

食事をしている間は会話をしなくて済む。ほっとしながらフォークでパスタを巻き、口に運ぶ。ただ緊張しているせいか味はあまりしなかった。

大雅には詩織のような気負いはないようだ。

「美味いな」

自然な口調でそんなことを言う。

「口に合ったならよかったです」

「ああ、気に入った。詩織も食べてみるか？」

大雅は当たり前のように、詩織の方に皿を寄越そうとするからどきりとしてしまった。

付き合っていたとき、よく彼がしていた行動だからだ。

ふたりで外食に行くと優柔不断な詩織がなかなかメニューを決められなくて、そんなとき彼が候補のメニューをオーダーして詩織にシェアしてくれたのだ。

彼はおおらかで気前が良くて……そんなところは少しも変わっていない。

（でも、今の関係でシェアするのは変だよね）

取引先の社員という関係では馴れ馴れし過ぎるだろう。

「あの、ありがとうございます。でも大丈夫なので」

そう言って断ると、大雅は不満そうに眉をひそめた。

「あのさ、休み時間くらい敬語はよしてくれないか」

「え？」

「あまりに他人行儀だ」

「……筒香さんは取引先の役員ですし。もう社会人だから礼儀を通さないと」

あなたとは距離を置こうとしているなんて本心は言えなかった。

先ほどからの会話で確信したけれど、大雅は詩織に対してビジネスの関係者というより、プライベートの知人という扱いをしてくる。

だからあまり拒否しても気分を害してしまいそうだ。

（仲良くなるのはよくないけど、険悪になるのも駄目なんだよね）

何しろ相手は重要取引先の重役なのだから。

そんな詩織の複雑な気持ちに気付かないのか、気にしないのか分からないが大雅はあっさりと言う。

「仕事中のけじめは必要だけど、今はプライベートだ。気楽にしてほしい」

嫌になるくらい整った顔で微笑まれ、詩織の胸は不覚にもときめいた。

（ああ、どうしよう……）

いくら気を張っていても、大雅に惹かれる気持ちがなくならない。

「休日は何をしているんだ？」

言いたいことを言って気が済んだのか、彼は話題を変えてきた。

ただそれもかなりプライベートな内容で、詩織にとっては答え辛いもの。

（休日はほとんど雅と過ごしているけど、そんなこと言えないし）

「休みの日は家でのんびりしてることが多いかな」

大雅との会話ではやたらと言葉に詰まってしまう。

昔は思ったことをそのまま口にしていたから、変に思われていないだろうか。

「遊びには行かないのか？　昔は話題のスポットとかに興味を持ってただろ？」

またどきりとした。大雅が本当に詩織との思い出を忘れていないみたいだったから。

「あの頃は学生で体力もあったから。今は週末休まないと一週間持たなくて」

「何言ってるんだ、詩織はまだ十分若いだろ?」

大雅は苦笑いだ。

「そうなんだけどね。もっと体力つけないと駄目だなとは思ってるの」

「そうか」

大雅は一旦言葉を切ってから、改まったように口を開いた。

「詩織は土日は休みだよな? 来週末、空いてないか?」

「え……来週?」

なぜそんな質問を? 戸惑いながら彼と目を合わせた。彼は詩織の様子を窺うように見つめている。

(もしかして誘おうとしている? いや、まさか……)

仕事中に会ってランチに誘うのと、休日に一緒に出かけるのは訳が違う。

「仕事は休みだけど、家の用事があるの」

大雅が残念そうな顔をした気がした。

「そうか。予定がなかったら誘いたいと思ったんだけど」

予想が当たり詩織は内心動揺した。

「わ、私なんて誘わなくても、他にもいくらでも相手がいるでしょ？」

詩織が休日引きこもっていると言ったから気を遣って誘ってくれたのかもしれないけれど。

（プライベートでまで会うなんて私には無理）

大雅は過去のことなんてすっかり消化しているから、本当に気楽に誘えるのだ。

「詩織を誘いたかったんだ」

意味深な発言に聞こえてしまうのは、ただ詩織が気にし過ぎなだけ。

「今度は前もって誘うようにする」

（え、次があるの？）

「あの……私じゃなくて、他の人を誘った方がいいんじゃない？」

「どうして？」

「だって私たちはずっと疎遠だったでしょう？　もっと仲がいい人と出かけた方が楽しいだろうし、それに彼女がいるんじゃないの？」

独身なのは知っているが、恋人については不明。だけど相手がいないということはないだろう。

そう思ったのに、大雅はあっさりと首を横に振った。

「いないよ……詩織は？」

彼にしては珍しく躊躇うような聞き方をしてきた。

「私もいない。今は仕事で精一杯で、恋愛とか考えられないから」

少し前に仕事に慣れてきたと話したばかりなのに、矛盾していると思われないだろうか。だけど相手はいない理由を聞かれたら困るから先回りして言い訳をしてしまった。

（大雅との会話は緊張する）

いつ綻びが出ないかはらはらして、気持ちが休まらない。

かといって何もかも打ち明ける訳にもいかないから誤魔化すしかない。

大雅は不審がるよりも、ほっとした表情をしたように見えた。

「忙しいんだな。でもリフレッシュは大切だぞ」

「うん。そうだね」

その後、少し他愛ない会話をしてから店を出た。

彼は駅に向かい、詩織は逆方向のオフィスに戻る。

ひとりになった途端に、溜息が零れた。

頭に浮かぶのは、ほんの少し前に交わした彼との会話。

振り返っても、彼が詩織と積極的に関わろうとしている意図を感じる。

（どうして？　私が取引先の社長の娘だから？）

関係を良好にするために、あえてフレンドリーさを演出しているのだろうか。

しかし小桜食品は彼の会社に比べると小規模で、プライベートでまで気を遣う相手とは思えない。この取引はこちら側のメリットの方が多いのだ。

だからこそ父が気を遣い、大雅とトラブルを起こすなと釘を刺してきた。

（大雅が何を考えているのか分からない）

やはり彼と関わると冷静でいられない。客観性を持ち辛く、それゆえに考えがまとまらないのだ。

（もっと距離を置かなくちゃ）

そう決意する一方で寂しさがこみ上げるのを感じていた。


その後も詩織の思惑とは裏腹に、大雅との接触は増えていった。

いくら避けようとしても、向こうから関わってくるのだからどうしようもない。

プライベートの連絡先を聞かれたときに断ればよかったけれど、上手く否定の言い訳が浮かばず流れで答えてしまった。

それでも用がなければ連絡はしてこないかと思っていたのに、彼はどうってことのない内容で気軽にメッセージを送ってくるようになった。

以前言っていた通り、社外で会うための誘いもかけてくる。

ある日、ランチを共にしたときの移動中に、彼がとても自然な素振りで手を繋いできたものだから詩織は激しく動揺した。

これではまるで恋人同士のようではないか。

さすがにここまでされると、自意識過剰で済ますことが出来なくなる。

（間違いなく大雅は私を誘ってる）

それもとても分かりやすく。

（だけど、どうして？）

どう考えても仕事は関係ない。

（やっぱり昔のことが関係あるんだよね）

ただそうだとしても謎が残る。

万が一だけど彼が詩織との別れを後悔しているのだとしたら、こんな風に偶然の再会をする前に何らかの方法で接触してくるはずだから。

彼は大会社の御曹司で立場的に人脈が広そうだ。人を探す伝手はいくらだってあるだろう。

でもそうはせずに何年も音信不通にしていたのに、偶然再会した後は思い出したように、詩織に関わろうとする。

ということは……。頭をひねって何度も多方面から考えて、出た結論はひとつだった。

(私は誘えば簡単に乗る女だと思われてるってことね)

考えてみたら出会いからしてそうだ。

初対面でよく知らない相手について家まで行き、体を許した。

その後ははっきりした言葉も、約束もないまま付き合い、相手の素性について詮索しようともしなかった。

今思い出すと、何て都合の良い女だったのだろうと思う。

遊ぶのにはこれ以上ない条件だ。

ただ今は仕事上の関係があるので、適当な遊び相手とまでは見られていないだろうが、それでも誘いやすい相手であるのは確かだろう。

(まずいよね、早くはっきり断らなくちゃ)

だけどどうやって？　以前と同じように大雅から言葉にされている訳じゃない。

全て態度で示してくる、そんな相手に付き合えないと断るのは先走り過ぎている。

（そうだ。断るというより、恋人が出来たと言ったらどうかな？）

不意にそんな考えが過った。思いつきだけれど、いいかもしれない。

問題は、いつ切り出すかだ。それも限りなく自然に見えるように。

フワフワした話では鋭い彼に嘘だとばれてしまうだろうから。


あれこれ悩んでいたある休日、詩織は久々に雅と別行動をして外出した。

怪我で入院をした叔父を見舞うためだ。

自転車で転倒して膝を骨折したので手術をすると連絡があったので、心配していたのだが、叔父は思ったよりも元気でほっとした。

病院には叔父の息子である従兄の小桜理久《りく》も来ていた。

彼は、小桜家の家業とは全く畑違いのスポーツ用品メーカーに就職して、忙しく働いている。

今年二十七歳。年齢が近いことから子供の頃から親しくしている。

兄弟のように何でも気軽に話せる気安い相手で、両親との関係が悪化したときは、よく相談に乗ってもらっていた。

病室からは当然のように一緒に出る。

「腹減ったな。何か食べていかないか。もう店も空いてそうだし」

理久は病院のロビーの時計をちらりと見ながら言った。

時刻は午後二時半。彼の言う通りランチタイムの混雑は落ち着いてきている頃だ。

「そうだね。少しなら時間あるから行こうか」

詩織も昼食を食べ損ねたていたのでお腹が空いている。

「近くに料理が美味い居酒屋があるんだ。ランチもやってるからそこでいいか？」

「いいよ」

理久は庶民的だが味には拘りがある。そんな彼が勧める店なら間違いない。

期待しながら十分ほど歩くと小さな個人経営の居酒屋に到着した。

引き戸の扉を開くとこぢんまりした店内全体が視界に入る。理久は慣れた様子で奥の二人掛けのテーブル席に向かった。

席に着くと壁に貼ってある手書きのメニューを指さした。

「どれにする？　俺は天ぷら定食。お勧めは刺身定食」

新鮮な魚介が美味しい店のようだ。詩織が迷わず刺身定食を選んだのですぐに注文出来た。

「選ぶの早くなったな」

理久が満足そうに言う。いつもなかなか注文を決められない詩織にうんざりしているので、今日もそれなりの覚悟をしていたのだろう。

「理久のお勧めに外れはないからね。それに丁度そういう気分だったし」

「そっか。今日、雅は伯母さんに預けてるのか？」

「うん。だから五時には帰らないといけないの」

「置いていかれてぐずってたんじゃないか？　あいつ甘えん坊だもんな」

理久が思い出したように、くすっと笑う。

「まだ三歳だから仕方ないよ」

出来るなら早めに帰ろう。理久の言うように家を出るとき不満そうな顔をしていた雅を思い出す。

「俺からするともう三歳って感じがするけどな。この前まで赤ちゃんで寝たきりだったのに、もううろうろ歩き回るししゃべるし」

「寝たきりって」

思わず吹き出してしまった。

「俺はときどきしか会わないから、急に成長した感じがするんだよな」

「そういえば最近うちに来てないね。仕事と彼女で忙しいのは分かるけど、そのうち雅に忘れられちゃうよ？」

「それはまずい。来週あたり行くかな」

話している間に料理が出来たようで運ばれてきた。

新鮮そうなまぐろとホタテ、サーモンが食欲をそそる。

「美味しそう。いただきます」

理久もボリュームのある天ぷら定食を食べ始める。お互い無言で集中して食べていたけれど、先に食べ終えたのはいつも通り理久だった。

「相変わらず早いね。ちゃんと味わってる？」

「当然。美味かった」

「お刺身も美味しいよ」

「だよな。明日食べようかな」

彼は明日も見舞いに来るようだ。

「最近どうだ？」

随分漠然とした質問に、詩織は食べながら答える。

「仕事はまあまあ。残業とかも融通してもらえるし助かってる」

「その辺は伯父さんの会社だからいいよな」

「来年から雅を保育園に入れようと思って。その準備は大変そう」

「頑張れ。ところで伯父さんたちとは上手くいってるのか？」

理久は少し心配そうに眉をひそめる。雅を妊娠したとき、詩織と両親が激しく揉めたことを知っているから気遣ってくれているのだ。

「前よりは信用してくれるようになったみたい。あまりうるさく言われなくなった」

「ふーん。じゃあ問題ないな。浮かない顔してたからなんかあったのかと思ったけど」

「え？　私そんな顔してた？」

「してた。お前顔に出るからな」

理久は食後のお茶を飲みながら頷く。

詩織は内心溜息を吐いた。それなりに大人になったつもりでいたのに、あっさり見破られるなんて。

「ちょっと考えることがあったからね」

理久に相談してみようかなという気持ちになったけれど、過去の恋愛について話すのは兄弟のような相手でも躊躇いがある。

なかなか口を開けないでいたそのとき、不意に後ろの方から呼びかけられた。

「詩織？」

心臓がドクンと跳ねた。なぜならその声に聞き覚えがあるからだ。

振り返った先にいたのは思った通り、大雅だった。今来たばかりのようで出入口付近で佇んでいる。

（嘘でしょ？　どうして……）

こんな休日に彼に会うなんて思いもしなかった。しかもごく普通の小さな居酒屋でなんて。

もしかしてこの辺りに住んでいるのだろうか。

慌てる詩織をじっと見つめながら彼は近づいてきた。その表情は再会後に見たことがないほど不機嫌そうで、悪いことをした訳じゃないのにいたたまれない気持ちになる。

（な、なんで怒ってるの？）

「知り合い？」

理久が小声で尋ねてきたので、小さく頷く。

「重要取引先の役員」

こっそり伝えると彼は心得たとばかりに居住まいを正す。

「詩織、まさかここで会えるとは思わなかったから驚いた」

怒っているように見えた大雅が、とても自然に話しかけてきたので拍子抜けした。

(私の気のせいだったのかな)

「こんにちは。私も驚きました。筒香さんがこういった店に出入りするとは思わなくて」

「ここの料理が好きでときどき来てるんだ。でも詩織と会うのは初めてだな」

大雅はそう言いながら、ちらりと理久に視線を送った。誰だろうと探っている様子が見て取れる。

「私は近くの病院に用があって、その帰りです」

「病院？　どこか悪いのか？」

心配そうに表情を曇らせた大雅に、慌てて否定する。

「いえ、お見舞いです」

「そうか……見舞いは彼と一緒に？　兄弟……ではないよな？」

聞き辛く感じているのか、大雅の声が小さくなった。その瞬間、詩織の脳裏にある考えが浮かんだ。

（理久を彼ってことにすればいいんじゃない？）

そうすれば、適正な距離に戻れるだろう。

恋人が出来たと言って誘いを断るということはこれまで何度か考えた。ただ実際いないし、架空の人物を作っても嘘だと見破られそうな気がして、なかなか言い出せなかったのだ。

しかし、実際理久がいるこの状況だったらかなり信憑性が増すのではないだろうか。

「あの……兄弟じゃなくて恋人なの」

「え？」

大雅は相当驚いたようで、目を見開いている。

「でも付き合っている相手はいないって言ってたよな？」

「それは……なんとなく恥ずかしくて言い出せなくて。ごめんなさい」

「いや、謝ることはないけど。でも本当なのか？」

「ええ。彼……理久とは昔からの知り合いなの。恋人になったのは最近だけど」

お茶を飲みつつ詩織たちの話を聞いていた理久が、咽せそうになる気配を感じた。

何を言い出すんだよとでも言いたそうに啞然と詩織を見る彼に、黙っていてくれと目で合図する。

気持ちが通じたのか理久は何も言わなかったが、気まずい空気が漂っている。

しばらくすると大雅が気を取り直したように言った。

「そうか。デートの邪魔をして悪かったな」

「いえ、そんなことは」

ないと言ったけれど、大雅は足早に店から出て行った。

どうやら信じてくれたらしい。

(これで大丈夫)

大雅が詩織を構うことはなくなるだろう。

よかったはずだけれど後味は悪い。

(食事をしにきたんだろうに、悪いことしちゃったかな)

彼に不快な思いをさせようとした訳じゃないけれど、結果として追い出してしまった。

はあと溜息を吐いていると、声がした。

「お前、とんでもないこと言うよな」

振り返ると呆れた顔の理久が、こちらを見ている。

「あ、ごめんね。急に変なこと言って」

「本当だ。付き合ってるなんて言い出すから噴き出しそうになった。それでなんであんな嘘をついたんだよ」

説明しろと理久が迫る。

出来れば言いたくないけれど巻き込んだ以上は言わない訳にはいかない。

仕方ないなと、詩織は事情をざっくりと説明した。

さすがに大雅が雅の父親だとまでは言えなかったが、昔の知り合いだけれど、取引先の相手になったから必要以上に近づきたくないと言うと納得してくれた。

「そういう事情ね。了解。でもかなりいい男だったよな。仕事とプライベートをきっちり分ければ付き合ってもいいんじゃないのか？」

「駄目だよ。お父さんたちも心配してるし。最近はましになったとはいえ、信用を取り戻したって訳じゃないから。問題を起こしたらこれまでの努力が台無しになる」

理久は不満そうに眉をひそめて腕を組んだ。

「伯父さんたちも頭が固いよな。そりゃあ雅のことでショックだっただろうけど、あれからもう何年も経ってるし、詩織だっていい大人だ。恋愛のひとつやふたつしたっていいだろ？」

「相手が彼だから特に心配しているんだよ。何かあったら仕事に関わってくるからね。

そうじゃなくても私は恋愛はもういいかな」

これまでもずっと思ってきた。今は雅を育てるのが一番大切で、他のことは二の次だって。

実際、大雅と別れてから誰かを好きになったことは一度もない。ときどき寂しさを感じるときはあるけれど、新たな恋をしたいとは思わないし、心が動くことなんてなかったのだ。それなのに……。

(大雅と再会してから落ち着かない)

いけないと分かっていても、彼を気にしてしまう。意識しないようにすればするほど、考えてしまうのだ。

昔、出会ったときもそうだった。彼に惹かれて一挙手一投足を目で追って……全てが詩織の好みの人なのだ。

(でも冷静にならなくちゃ。それに彼とのことはもう忘れないとね)

恋人がいると言ったのだから、彼の方からも必要以上には近づいてこないだろう。

ずきんと胸が痛むのに気付かないふりをして詩織はそっと溜息を吐いた。

思惑通り、大雅からの接触がなくなった。

メッセージアプリに連絡は来ないし、詩織が避けているせいもあるけれど、偶然会うこともなくなった。

(よかった。これで大丈夫)

ほっとしながらいつも通りの暮らしに戻る。雅との時間を中心に、仕事をして母と協力して家事をして。それで満足していたはずだった。

不満なんてなかった。でも今は……本音を言えば、寂しくて虚しい。

自分から関わりを絶ったのに、胸が痛い。

周りへの影響や、将来のことを何も考えなくていいのなら、彼と一緒にいたかった。

認めたくはないけれど、それが素直な想いだったと痛感している。


「ママ、どうしたの?」

不意に声をかけられてはっとした。目の前にはぷくぷくしたほっぺが可愛い雅の顔がある。

一緒に動物図鑑を見ている最中に、ぼんやりしてしまったようだ。

「あ、雅……ごめんね、何でもないよ」

「ゾウさんちゃんと見た?」

図鑑は、象の生態のページが開かれている。

「うん、見たよ。大きいね」

雅は何でも詩織と一緒にやりたがる。ブロックで何かを作るときも、ぬいぐるみで遊ぶときも本を読むときも。

そして詩織が集中していないと敏感に気付くのだ。

今も詩織が心ここにあらずなことにすぐ気付いたのだろう。

遊びだけではなく、雅は詩織の変化にも敏く、落ち込んでいると真っ先に気付く。大人と違って黙って様子を見守るということがないので、ストレートにどうしたの？　と聞いてくるし、心配する。

だから彼女のメンタルに負担をかけないように、出来るだけ笑顔を心がけていたつもりだけれど。

「ママ、げんきないね」

娘にはあっさり見抜かれてしまったようだ。詩織はなんとか笑みを浮かべる。

「そんなことないよ」

「ほんとう？　どこもいたくない？」

心配そうにじっと見つめてくる娘が可愛くて、詩織は彼女をぎゅっと抱きしめた。

「うん、大丈夫」

腕の中の温かな温もりに、ほっとした気持ちになる。

（本当に大丈夫。雅がいるんだもの）

一時的に感傷的になっているだけだ。

「ママ、だいすき」と甘えながらぎゅっとしがみついてくる娘がこんなにも愛しく感じるのだから自分は幸せだ。

雅は機嫌を直したようで、ニコニコしながら詩織を見上げる。

「ママ、はやくどーぶつえんにいきたいよ」

「動物園？」

「うん、またゆうちゃん、いったんだって」

「あ、だから動物辞典が見たいって言い出したのね」

遊び友達の話に感化されたということか。

「ゾウさん、みたい」

「分かった。じゃあ、明日は土曜日で仕事お休みだからふたりで行こうか」

詩織の提案に、雅はとびきりの笑顔になる。

「やったー！」

テンションを上げる可愛い娘に、詩織はくすりと笑った。

(明日は早起きをしてお弁当を作ろうかな)

普段あまり構ってあげられないから、思い切り遊ぼう。それで明後日はゆっくり過ごして……。段取りを考えていると悩みを忘れられた。


翌日。雨が心配だったが、天候に恵まれた。

雅は初めての動物園に、はしゃいで大喜びをしていた。

特に象がお気に入りらしく、放っておくといつまでも眺めている。

「雅、他の動物さんも見に行こうか」

「ううん。まだゾウさんみたい。あ、こっちみた」

象はさっきから何度もこちらに身体を向けているし、大きな動きもない。

詩織の目線では特別感慨深くはない光景だったが、彼女にとっては驚きと発見の連続なのだろう。

「ママ、ゾウさんおおきいね、いいな～」

「いいなって、雅は大きくなりたいの？」

「うん。ママみたいになりたい」

「そっか。象さんは無理だけどママくらいにはなれると思うよ」

今は詩織に似て小柄だけれど、いずれは父親に似てすらりとした長身美女になる可能性だってある。

「わーたのしみ」

他愛ない会話に雅はとても嬉しそうで、いつになくはしゃいでいる。

そんな姿を見ていると、もっといろいろと連れ出してあげたいと思う。

詩織自身はあまり行動的な方ではないが、子供のためにもっと積極的に動かなくては。

「ママ、ゾウさんみながら、アイスたべたい」

「そうだね。買いに行こうか」

無邪気にはしゃぐ娘と手を繋いで楽しむ時間は、詩織にとってもリフレッシュになり、久々に清々しい気持ちを味わった。

雅は遊び疲れたのか帰りの電車ではすやすやと眠っていた。

眠った三歳児を抱っこして移動するのは結構辛く、帰宅したときには詩織は疲れ果てていたけれど、雅が喜んでくれたのでよかったと思う。

夜眠る前に、翌日は近所に散歩に行こうねと誘うと、とても嬉しそうに返事をしてくれた。

「ママ！　かいだん、いこう」

翌日の日曜日、約束通りに買い物がてら、近所を散歩した。

駅と自宅の往復では通らない細い道を通ったり、神社への階段を上ったりするのが、雅にとっては近所でも冒険気分になれるようだ。

元気な雅とは反対に詩織はぜいぜい息を切らせながら階段を上った。

昨日の疲れがまだ残っているようで、途中でとうとう力尽きて足を止める。

「雅待って、ママ少しお休みしたいよ」

「はーい」

雅は素直に止まり、詩織のところにとことこと寄ってくる。

本当に元気いっぱいだ。だけど電池が切れたように急に動けなくなるときがあるから油断は出来なくて、詩織は抱っこが出来るだけの余力を残しておかないといけない。

こんなとき男親がいたらいいのにと少しだけ思う。

もっと思い切った遊びに付き合って、高い高いもしてあげて……。

アウトドアの経験がほとんどない詩織ひとりで連れて行くには不安な山や、遠くの海にも連れて行ってあげられる。

　青空の下、生き生きと動き遊ぶ雅の姿を想像するのは楽しい。でも同時に切なくもなる。それを自分ひとりで叶えてあげるのが難しいと分かっているからだ。

（出来ない、なんて諦めてたらいけないんだけどね）

　ひとりで育てると決めたのは自分なのだから。

「ママ、のどかわいた」

「あ、ちょっと待ってね……はい、どうぞ」

　雅は持参した小さな水筒に入ったお茶をごくごく飲む。

　六月上旬になり、日中はかなり蒸し暑く、彼女の小さな体は汗ばんでいる。

「雅、頭から沢山汗かいてるね」

　タオルを出して拭いてあげる。

「ママは、あたまぬれないね」

「大人になると、頭からはあまり汗が出なくなるの」

　そういえば最近は辛いものを食べても汗をかかなくなった。代謝が落ちているのだろう。

　そんなことを考えていると、思いがけない声が耳に届いた。

「詩織！」

思わずびくりとして声がした方に視線を向けた詩織は目を見開く。

「大雅？」

階段の下の方に、彼がいた。

（なんで、大雅がいるの？）

今まで自宅周辺で遭遇したことは一度もないから、この近辺に住んでいるとは考え辛い。

大雅は詩織が息を切らして上ってきた階段を、あっという間に駆けあがり、目の前にたどり着いた。

「あの、どうしてここに？」

「道路の反対側から詩織が神社に向かっていくところを見かけて追ってきた」

「……でも、この辺りに住んでる訳じゃないでしょ？」

「ああ、今はオフィス近くのマンションに住んでる。ここには詩織に会いに来たんだ」

「私に？」

予想外の答えに驚愕する。

「あの、何かあったの？」

「話をしたくて。でも会社では無理だし、約束も取り付けられないだろう？　詩織は俺を避けているもんな」

「そ、そんなことは……」

彼は詩織が避けているのに気が付いていたようだ。はっきり指摘され気まずさがこみ上げる。

「ないとは言えないよな？　俺が訪問したときは絶対に顔を見せないもんな」

「それは……本来私の仕事は大雅と直接関係しないものだから」

大雅は詩織の言い訳を信じていないようだった。これ以上何か言っても墓穴を掘るだけな気がして話題を変えることにする。

「私の家をどうやって知ったの？」

詩織は転居していないが、付き合ってた頃に大雅を家に連れてきたことはなかったから住所は知らないはずなのに。

「調べた」

答えは簡潔だった。

「調べたって……」

「小桜食品の社長の自宅なんて、その気になれば簡単に調べがつく」

大雅はいとも簡単に言う。確かに彼だったらさまざまな情報を手に入れられるだろうけれど。

(私の家を調べるのにそんな労力を使わなくてもいいのに)

「それで話っていうのは……」

一体何かと聞こうとしたそのとき、遮るように幼い声が辺りに響いた。

「ママ！」

雅が詩織に身体を寄せてきた。不安そうな様子が滲み出ている。

「雅、大丈夫だからね」

詩織はそう言いながら、雅を抱き上げた。

ぎゅっとしがみつく小さな体を宥めるように、トントンと背を叩いてあげる。

恐らく見知らぬ大雅に警戒心を抱いたのだ。母親の変化に敏感な雅のことだから、詩織の動揺が伝わったというのもあるかもしれない。

「え……その子は……今、ママって」

大雅が茫然としたように呟いた。

雅の存在に気付いていたはずだが、まさか詩織の子だとは思いもしなかったのだろう。

ママと呼んだ雅に応えたら、彼に子供がいることがばれてしまうのは分かっていたけれど、心細そうにしている娘を突き放すなんて考えられない。

詩織は覚悟を決めて、雅を抱っこしたまま大雅に向き合った。

「私の子なの」

大雅はよほど驚愕したのか、綺麗なアーモンド形の目を大きく見開く。

「うそ、だろ……信じられない」

「こんなことで嘘なんて言わないよ」

話の内容は分からないながらも緊迫感が伝わるのか、雅が更にぎゅっと体を寄せてきた。

「父親はこの前会った……」

険しい表情の大雅は最後までは言わずに口を閉ざした。

「時間を作ってくれないか？　話があるんだ。聞きたいことも」

雅がいないところでという意味だろう。

詩織としても、そうしてくれると助かる。

（多分、父親のこととか聞かれるだろうから）

「一時間後にどこかで落ち合うのでいい？　雅を家に連れて帰りたいから」

「ああ。駅前に落ち着いた雰囲気の喫茶店があった。一軒だけだから分かるだろう？　そこで待ってる」

「うん。それじゃあ」

大雅は踵を返して階段を下りていく。

その後ろ姿を見送った詩織は、溜息をこぼした。

「ママ、あのひとだれ？」

心配そうに見上げてくる雅に笑顔はない。

「お仕事の関係の人。怖がらせちゃったね。でも大丈夫だから」

詩織がにこりと笑ってみせると、雅もほっとしたように表情を和らげる。

「ごめんね、急にお仕事になったからお家に帰らなくちゃいけないの。散歩はまた今度にしようね」

「うん……わかった」

少し残念そうにしながらも、雅は駄々をこねず頷いた。

地面にそっと下ろし小さな手を繋いで、家までの道を進む。

彼女はさっきまで不安そうにしていたのなんて忘れたかのように、キョロキョロと周囲を見回しながら歩いている。

大雅との接触が尾を引いていないようでほっとした。でも詩織自身は重苦しい気持ちでいっぱいだ。

(確実に雅のことを聞かれるよね)

理久を偽恋人に仕立てた後というのもタイミングが悪い。

(子持ちなのに結婚してなくて付き合って間もない彼氏がいて……)

よくない印象を持たれても仕方がない状況だ。

彼と距離を置くにはむしろその方がいいのかもしれないけれど、だらしない女と思われたくない気持ちもあって複雑だった。

自宅に戻り、雅を母に頼む。詩織の休日は不在がちなのだが、たまたま在宅してくれていて助かった。

手早く身支度を整えて駅に向かう。

彼と待ち合わせをした喫茶店は、何回か利用したことがある。

ゆとりのある配置の席だったから、よほど耳を澄ませていなければ隣の席の話は聞こえなさそうだ。込み入った話をするのに向いている。

とはいえ、足が遠のきそうになる気持ちを抑えるのに苦労した。

約束の時間よりも少し早く、到着した。けれど大雅はもう着いていて、奥の方の席に座っていた。美形が物憂げな雰囲気を醸し出している様子は、まるで一枚の絵のようで目を引く。

「お待たせしました」

何て声をかけようか迷ったけれど、結局無難な台詞になった。

以前、他人行儀な口調は止めてほしいと言われたけれど、この状況でフレンドリーに振る舞うのは無理だ。

「急に悪いな」

大雅の方は変わりはなかった。詩織に対して思うところはあるだろうが、あからさまな態度には出してこない。

詩織が席に着くとスタッフが近づいてきたので、メニューを見ずに彼と同じホットコーヒーを頼んだ。

「コーヒー、飲めるようになったんだな」

大雅がそんなことを言ったから驚いた。そういえば、昔の詩織は苦いコーヒーが大の苦手で彼とカフェに入ると、フレッシュジュースやココアなど甘いものを好んで選んでいた。

「いつの間にか飲めるようになってたの」

「詩織と別れてから今日まで忙しくてあっという間だった気がするけど、変わってることもあるんだな。当然だよな」

大雅が自身に言い聞かせるように言う。

ホットコーヒーはすぐに届いた。詩織はブラックのまま一口飲む。

しばらくするとに、大雅が躊躇いがちに口を開いた。

「詩織に子供がいるなんて考えもしなかった」

来た、とどきりとしたが顔に出さないように頷いた。

「結婚してないって言ったから当然だと思う」

「子供のことは、わざと言わなかったのか？」

「……言う必要ないかと思って」

その通りわざと隠したが、正直に言う訳にはいかない。

「そうか……」

気まずい沈黙が訪れる。

「あの……話があるって言ってたけど」

「ああ」

大雅がどこか寂しそうに目を伏せた。

「この前、休みの日に偶然会って以来、詩織に避けられていると思ったから。一度ゆっくり話したいと思った」

「私に避けられていたって大雅は問題ないでしょう？　仕事も私は担当ではないし」

「仕事は関係ない。ただ俺が詩織との関係を切りたくないと思ったからだ」

「関係って……」

大雅の口ぶりは切実で、軽い気持ちで言っているのではないと伝わってくる。

動揺を隠すのが難しい。大雅の顔をまともに見られず、カップを口に運んで誤魔化した。

（どういうこと？　今の言い方だと大雅が私に好意を持っているように聞こえる。真剣な言い方だった）

そんな訳ないのに勘違いしそうになる。

「再会して懐かしくて、また昔みたいに付き合いたいと思った」

心の中の戸惑いは、続いた大雅の言葉で瞬く間に消え失せた。

（昔みたいに？　なんだ、やっぱりそういうことか）

軽くて都合の良い関係。

詩織は小さく息を吐いてから、大雅を見つめた。

「私も懐かしいと思ってる。でも以前のような付き合いは出来ないと思います。私には子供がいるし……彼もいるから」

雅のことが知られた今、理久と偽装恋人でいる必要はない気もするが、急になかったことにするのは不自然だと考えた。

だからそう口にしたのだけれど、大雅は怪訝な顔をした。

「その言い方だと、子供の父親は彼じゃないんだな？」

「はい」

「父親はどうしてるんだ？」

当たり前の質問だけれど、ぎくりとした。

「父親はいないの」

「いないってどうして？　まさか逃げられたのか？」

大雅が顔をしかめる。具体的な話になったことで詩織の心に焦りが生まれた。

「違うよ。逃げられたって訳じゃないの。父親が誰か分からないだけ」

自分は何を言ってるのだろう。複数と関係を持ったような発言をするなんて。これではふしだらな女のようではないか。

「父親が分からないって……心当たりくらいはあるだろう？」

「ないし、今更考えないようにしてる」

きっと軽蔑されている。彼の目がそう物語っている。

「あの、雅のことは気にしないで。私なりにしっかり育てているつもりだし、両親も協力してくれているから不自由はしていないの」

「みやびってあの子の名前だよな？　もしかして俺の名前と同じ漢字を使ってるのか？」

彼の言葉に内心どきりとした。本当に彼の名前を一文字貰ったという訳ではないのだが、結果的にそのようになっているのだ。

不都合な流れになりそうで不安だったが、いかにも今気付いたというような素振りをする。

「あ、言われてみたら同じね。品があって可愛いと思ってつけたんだけど」

「そうだな。実際可愛かった。今、何歳なんだ？」

大雅はとても自然な口調だった。疑惑を持たれずに済んだようでほっとする。

「三歳になったの、来年から保育園に入れようかと思っていて……」

そう言っている途中に違和感を覚えた。

大雅の表情が明らかに変わったのだ。

「待ってくれ、あの子は三歳なのか？」

大雅の声に動揺が表れていた。

「そうだけど」

「身体がかなり小さいから、もっと幼いかと思った」

「あ……雅は小さい方だから」

ドクンドクンと心臓が脈打っていた。

自分が致命的なミスを犯したことに気付いたからだ。

（父親が誰か分からなくて、年齢は三歳……大雅の可能性もあるってことじゃない！）

彼はその事実に気付いたのだろう。だからどこか焦燥感を浮かべて問い詰めてくるのだ。

（なんとか気を逸らさなくちゃ）

「一応正常の範囲ではあるけど、身長がかなり低いの。遺伝だろうね」

小柄な詩織と違って大雅は長身だ。だからこれで彼の遺伝子を受けていないと判断してくれないだろうか。

そう期待したけれど大雅は気にも留めないように言う。

「三歳なら俺が父親の可能性だってある」

核心を突かれ、詩織は息を呑んだ。それでも誤魔化すように無理やり笑う。

「まさか。そんなことはないよ。だって私たちが付き合ってたのってほんの三カ月くらいのことだし」

「他に長く付き合ってた男がいるのか？　だったらそいつが父親じゃないのか？」

彼の言う通りだ。長く付き合った相手がいるのならそもそも父親不明にはならない。

行きずりと主張すれば、大雅を除外する理由がなくなる。

言い訳をするにつれ、逃げ道が塞がれていくようだった。

黙ったままの詩織に、大雅が更に追及する。

「心当たりの相手と鑑定はしていないのか？」

詩織は目を見開いた。

「しないよ！　これからもする気はない。今のままでいい。この環境を変えたくないし」

強く訴えたからか、大雅は何か言いたそうにしながらも引き下がった。

「分かった。悪い、俺が口出しすることじゃないな」

「ええ……」

大雅は本当に分かってくれたのだろうか。本心から納得しているのか。

一度自分が父親かもしれないと疑惑を持ったのに、あっさり引き下がれるのだろうか。

(でも、彼は今私生活で問題を抱える訳にはいかないから)

世間が注目するような会社合併の話が控えているため、プライベートの方もとても気を遣っている状況なのだと、以前、父が言っていたのを思い出した。

思ったよりもあっさり引き下がったのは、そういう事情があるからかもしれない。

沈黙が長い。コーヒーはすっかり冷めてしまった。

「あの……懐かしい気持ちを持ってくれたのは嬉しいけど、今話した事情で以前のようには付き合えないの。もし仕事上で関わることがあったらしっかり対応するけど、プライベートの連絡は取らない方がいいと思う」

緊張したけれど、はっきり言った。

大雅の表情は変わらないから、どう受け止めているのかは分からない。

彼はうんとも嫌とも言わなかった。

何か深く考えている様子で、冷めたコーヒーを口に運んだ。

第四章　忘れられない人　大雅side

筒香大雅には、忘れられない女性がいる。
名前は小桜詩織。
数年前のほんの一時期を過ごしただけの相手だが、未だにふとした拍子に思い出す。
彼女との穏やかで愛しい時間も、失って感じた心の痛みも。

ふたりの出会いは平凡で軽いどこにでもあるようなものだった。
初めは年齢の割りに純情で世慣れしていないところが新鮮で興味が湧いた。
話してみると素直で可愛い。恥ずかしがりながらも真っすぐに気持ちを伝えてくる。
裏表のない彼女といると穏やかな気持ちになった。
頼りなさそうに見える一方で、自分の意思をはっきり口にする。
そんな彼女に愛しさを覚え、会う度に好意が増すのを感じていた。
波長が合うというのもあるのだろう。
門限なんて無粋なものがある学生との物足りない付き合いでも、別れる気なんて少しも起きなかった。

彼女を大切にしていたし、真面目に付き合っているつもりだった。仕事でもプライベートでも誘われる機会が多かったけれど、それがどんな相手でも見向きもしなかった。

具体的ではなくても、彼女との将来を考え始めていた。それなのに。

何の前触れもなく別れは訪れた。

一方的に、メッセージひとつで切り捨てられたのだ。

その頃、仕事が立て込んでいたため、なかなか連絡が出来ないでいたけれど、それくらいで終わりになるなんて思いもしなかった。不満を持っていたのだとしても、話し合いの機会すら持とうとしないなんて。

【もう会いません。さようなら】

短い文面から、大雅を拒絶する彼女の強い意志が伝わってきた。

大雅の知っている彼女からは想像出来ない冷たく割り切った態度。

自他共に認める、ドライな性格の自分が激しく動揺した。

それでも別れたくないと追いすがったりはしなかった。

気持ちが離れたのなら仕方がない。人間関係は一方通行の想いでは成立しない。いくら願っても別れを避けられないことがあると知っている。

だから、別れたいという相手の気持ちを尊重して、文句ひとつ言わずに潔く身を引いた。

生まれて初めての失恋といえる出来事だったが、憂鬱なのは一時のことだろうと考えていた。

かつて家族を失い経験したどん底まで沈むような苦しい別れも、最終的には克服した。

だから失恋くらい問題ない。忙しい日々の中で、きっと早々に風化されていく。

しかし予想は裏切られた。

仕事に忙殺されていても、新しい出会いを経験してもふとした拍子に彼女との思い出が浮かんでくるのだ。

一緒に過ごした時間など僅かなのに、少しも色あせない。

それが未練だと気付き、認めるまでには時間がかかった。

認めた後は深く悩んだ。

平気なふりをして追いかけなかった自分は間違っていたのだろうか。

去ろうとしている相手に、自分の気持ちをぶつけても良かったのだろうかと。

今からでも間に合うのか？

そんな風に数日迷い、ついに連絡をしようと決心したが遅かった。

その頃には、彼女とは連絡が取れなくなっていた。

通話もメッセージもブロックされている。

かといって、彼女の自宅や友人についてはほとんど知らない。

プライベートな話をあまりしなかったからだ。

彼女が自分のことをあまり話したくないように見えたから気を遣ったのだけれど、失敗だった。

大切だと言いながら深入りするのを避けたのは、大雅の考え方が原因だ。

去る者追わず。一見相手のためのようで、自分が傷つかないように予防線を張っていた。

ただの臆病者だったのだ。


目を閉じると幼い頃の記憶が蘇る。

大抵が両親が離婚したときの出来事だ。

母と妹が家を出て大雅は父と残ると決まった雨の日に、優しい母と可愛い妹との別れがどうしても納得出来なくて、出て行く母に縋り泣いて困らせた。

けれど結局願いは叶わなかった。

両親は別れ、家から母と妹の姿が消えた。

置いていかれた大雅は、父と共に家に残った。

その父はとにかく多忙で、滅多に家に帰ってこない。

しばらく心が沈む日が続いていたけれど、ある日を境に母と妹と会いたいと騒がなくなった。

ふたりを忘れた訳ではないが、心のままに泣いても無駄だと察したからだ。

望むのを諦めた。そうすれば気が楽になった。

大雅の去る者追わずという考え方は、間違いなく母親との別れがきっかけだ。

大切な人との別れが怖くて、傷つく前に距離を置いた。

あの幼かった日に感じた苦悩を、結局少しも乗り越えてなどいなかったからだ。

だから去っていく彼女を追えなかった。拒絶されるのが怖かったのだ。

彼女のいる場所や連絡先を調査する方法はいくつかあった。

伝手と金があれば、大抵のことは上手くいく。

けれどそこまでして再会してどうなるのだろう。

彼女は自分に何の未練もない。だから連絡を遮断したのだ。

会いに行っても迷惑がられるだけだろう。

別れを告げられたときにすぐに動けばまた違った結果があったかもしれないけれど。

選択を間違ったのは自分自身だ。

大雅は消化しきれていない想いに蓋をすることを決心した。

まるで二度目の失恋をしたかのような苦い経験。いや、自分の弱さを自覚した分一度目よりも心が苦しかった。


それから数年が過ぎた。

相変わらず彼女を忘れられないが、そのことで感情が大きく揺らぐことはなくなっていたそんな頃、思いがけない再会のときが訪れた。

四年という年月は彼女を変えていた。

恐らくメイクと服装の雰囲気が当時と大きく違うのだろう。以前は学生で今は社会人だから当然ではあるが、声をかけるのに躊躇いタイミングを逃してしまうほどの変化だった。

外見だけではなく少しだけ交わした会話やそのときの立ち振る舞いは、どちらも以前の詩織ではない世慣れした大人の女性のものになっていた。

屈託ない明るい表情は仕事用の作り笑いになり、昔のように考えを読むのが難しい。

彼女の大きな変化に戸惑った。

それでも再会出来た喜びは大きくて、心が浮き立つのを抑えるのに苦労した。

もっと話したくて、多少強引に彼女と関わろうとした。

ただ彼女にとっては、大雅との関係はすっかり過去のことのようで、誘っても素っ気ない返事しか返ってこなかった。

がっかりしているところに追い打ちをかけるように、いないと聞いていた恋人の存在を知らされ、更には未婚で子供を生んでいた事実を告げられた。

驚くことに父親が誰かは不明だという。

本当なのだろうか。子供の年齢は三歳だから逆算すると大雅と出会った頃になる。

あの頃の彼女は、自分以外の男と付き合った経験がないように見えたし、遊びで体の関係を持てるような性格では絶対になかった。

どうにも腑に落ちない。

時期的には大雅の子だとしてもおかしくない。名前だって同じ字を使っているのだ。

当然その疑問を彼女にぶつけたけれど、完全に否定された。
正直に言えば、全てがショックだった。
恋人がいることも、詩織が未婚の母になっていたことも。
だけど、絶望的な状況なのに諦める気になれなかった。
それは多分、詩織がときどき辛そうな顔をすることに気付いてしまったからだ。
彼女が今幸せでいるとはどうしても思えない。
会話の中で度々感じる違和感の正体も気がかりだ。
だからもう少しだけ。以前のように簡単に諦めずに彼女と関わりたいと思っている。

第五章　彼のアプローチに揺れる心

関わらない。そうはっきり言ったのに、大雅は詩織の言い分を聞くつもりはないようだった。

その後も変わらず詩織とコミュニケーションを取ろうとしてきた。

さり気なく避けてもやんわり断っても通じず、かなり強引な手段で迫る。

会社で指名して呼び出したり、頻繁にメッセージを送ってきたり。

連絡先を削除して呼び出しにも応じなければいいのだろうけれど、仕事上無礼な態度を取れない相手なので難しい。

連絡に気付かないふりをしたこともあるけれど、不意打ちで自宅訪問されてしまい、余計に面倒なことになった。

一度彼といるところを父に見られ驚かれたが、父は詩織たちを引き離すどころか逆に彼を家に招待してしまった。

散々彼には近づくなと釘を刺したくせに、大雅本人の前ではあからさまな拒否は出来ないらしい。おもてなしまでする体たらく。

彼の会社との力関係を考えれば無理はないけれど、両親のガードは頼れなくなりますます困った状況に陥った。

一番の問題は何度か会う内に、雅が大雅に懐き始めたことだ。

身近に小さな子供がいないと言った彼だが、意外と幼児の扱いが上手かったのだ。

雅は割と人見知りをする方なのに、なぜか大雅に慣れるのは早く、ふたりはあっという間に距離を縮めてしまった。


この日も大雅が自宅に顔を出し、三人で神社の周辺へ散歩に行くことになった。

神社の階段を上っている途中で雅が立ち止まった。階段横の茂みの方を興味深そうに眺めながら大雅に声をかける。

「たいがおにいちゃん、あれみて」

「どうした？」

大雅は一緒に立ち止まり、雅と視界を揃えるように腰をかがめる。詩織も何があるのか気になり一緒に覗き込んだが、思わず「うっ！」と声を上げそうになってしまった。

詩織の苦手な虫が、階段から続く茂みのあたりをもぞもぞと動いていたのだ。

「ああ、青虫だな」

「あおむし？」

「大きくなったら綺麗な蝶になるんだよ」

詩織と違い、大雅と雅は青虫のちょっとグロテスクな見かけに拒否感は全くないようで、楽しそうに会話をしている。

雅が触ろうと手を伸ばしたので、詩織は慌てて止めてしまった。

「ママ、どうしたの？」

「触ったら駄目よ。手が赤くなっちゃうかもしれないからね」

「そうなの？」

雅がきょとんとした顔で聞いてくる。

「うん、多分」

本当のところは知らないが、衛生的に触れない方がいい気がする。間違ったことは言ってないと思っているし、雅も素直に頷いたのだけれど、大雅にこっそり言われてしまった。

「あの虫は触っても大丈夫だけど」

「そうなんだ。でもなんとなく不安で」

「雅ちゃんは外遊びに慣れてないみたいだな」

「うん。なかなか連れて行く時間がないし、私がアウトドア苦手なのもあるから」

近所の友達のゆうちゃんはアクティブに出かけており、先日はお父さんとキャンプに行ったと言っていた。

雅が羨ましそうにしていたので、連れて行ってあげたい気持ちはあるが、山奥に行きテントを張るのは詩織にとって難題だ。

「ああそうだ。詩織はミミズも怖がってたよな。雨の日の翌日地面でまとまっているのを見たときなんて、悲鳴を上げて俺にしがみついたもんな」

大雅がくすりと笑う。過去の詩織の行動を思い出しているのだろう。

「うねうねしているのは特に駄目なの。雅は私みたいにならないといいなと思うけど、かといって一緒に外で遊ぶのもね……近所の友達の影響でキャンプに興味を持ったみたいだけど、それも難しいし」

日頃の悩みを吐き出しただけで、他意はなかった。

「最近はアウトドアが苦手な人でも楽しめるようなキャンプ場もあるんだ。俺の友人が経営しているところはラグジュアリーさが売りで人気があるそうだ。良かったら連れて行くけど」

だから大雅の返事は予想外だった。

「え……あの、私そんなつもりで言ったんじゃ……ごめんなさい、気を遣わせたみたいで」

すぐに断ると、大雅はがっかりしたように眉を下げた。

「気を遣ってるのは詩織の方だろ？　遠慮する必要はないのに」

「遠慮はするよ。そこまでしてもらう理由もないし」

「理由は俺がそうしたいから。雅ちゃんとも仲良くなったし、そろそろ遠出をしてもいいと思う」

大雅は平然と言うけど、詩織は戸惑うばかりだ。

「それは駄目だよ。こうやって近所で会ってるのだってよくないんじゃないかと気にしてるのに」

「どうして？」

「どうしてって、だって大雅はプライベートにも気を遣わなくちゃいけない立場でしょう？　それなのに子持ちの私と頻繁に会ってたら、誰かに目撃されて誤解されてしまうかもしれない」

詩織の父も表立っては言い辛いようだが、内心心配しているはずだ。

けれど大雅は鼻で笑った。

「詩織と会うのに後ろめたさなんてない」

「でも、雅もいるのに」

「子持ちの女性と付き合うことの何が悪いんだ？　問題なんてないだろう？」

あまりに堂々と言う大雅に、詩織はすぐに言葉が返せなかった。

胸を突かれたような気分になったのだ。

「私たち付き合ってる訳じゃないでしょ？」

「ああ。でも俺は付き合えたらいいと思ってるけど」

さらりと告げられた言葉に、ますます鼓動がせわしくなくなる。

「そんな。揶揄わないでよ」

落ち着かなくては。大雅の軽口を真に受けては駄目だ。

「俺は至極真面目だよ」

言葉通り、真剣な眼差しを向けられて詩織は息を呑んだ。

「……もし本当に真面目に言ってるのなら余計に駄目だよ。私には彼がいるし、普通に考えて駄目でしょう？」

大雅が何か言いたそうに口を開きかけた。そのときうろうろと歩き回っていた雅が駆け戻ってきた。

「ママ！　たいがおにいちゃん、おもしろいのあった！」

今度は何を見つけたのか、ニコニコしてしながら詩織たちを誘導しようとする。

おかげで大雅との間にあった、危うげな空気が霧散した。

「何があったのかな？」

助かったとほっとしながら、雅の後をついていった。

散歩を終えて自宅に戻り、その後駅前の薬局に行くために再び出かけた。

雅は疲れているようなので、母と一緒に家で留守番だ。

大雅も帰宅するタイミングなので、ふたり並んで歩くことになった。

先ほどのことがあるから少し気まずい。

かといって同じ方向に行くのに別行動という訳にもいかない。

初めは他愛のない話をしていた。

けれど駅が近づいたとき、大雅が立ち止まり真面目な顔をして詩織を見つめた。

「さっきの話だけど」

ドクンと心臓が跳ねた。

「さ、さっきって？」

本当は彼が何を言っているのか察しがついているのに、つい分からないふりをしてしまう。

その話題に触れたくはなかったのだ。でも大雅にはそんなずるい気持ちをあっさり見透かされた。

「本当は分かってるだろ？　俺は詩織とやり直したいと思ってる」

ストレートな言葉に激しく動揺した。

「で、でも私は付き合ってる人がいるって言ったでしょ？　大雅だって会ったことがあるじゃない」

大雅は「ああ」と相槌を打ったから納得してくれたのかと思ったが、彼の口から出た言葉は全く違うものだった。

「偶然会ったあのとき、突然恋人を紹介されて驚いた。ショックだったよ。詩織とは距離を置かないといけないと思った。恋人がいるのに俺が周りをうろうろして邪魔をしたら悪いからな。でも無理だった」

「無理って……どうして？」

「詩織に相手がいると受け止めても、諦めることが出来なかった。だから詩織に会いに行くのをやめなかった」

大雅の言葉は熱心だった。詩織への執着を隠すことなく表し伝えてくる。

「子供を生んでいたことを知っても気持ちは変わらなかった。むしろ何か助けになりたいと思ったよ」

「雅がいてもいいと思ったの？　本当に？」

彼は自分の子だと知らないのに。

「ああ。素直で可愛い子だな。詩織が大切に育てたのが分かる」

大雅がそう言って優しく微笑む。こんなときなのに胸に喜びが広がった。

「ありがとう。そう言ってもらえて嬉しい」

今までの迷いながらの子育てが報われたような気がしたのだ。

「詩織と雅ちゃんの笑顔を見ていると俺も幸せを感じる。だから本当に心から想い合っている相手がいるなら身を引く決意が出来ていた。でも……詩織はあの男と付き合っていて本当に幸せなのか？」

「……どういう意味？」

「詩織に会いに来て、雅ちゃんとももう五回くらい会ってるよな。それなのに一度も詩織の恋人に居合わせたことはない」

「それは、スケジュールが合わないからで……」

「そうかな？」

詩織の言い訳を大雅が遮る。

「自分の恋人に会いにくる男がいると知ったら、俺ならスケジュールを調整して同席する」

少し驚いた。大雅が恋人に対してそんなに心配性で独占欲が強いと知らなかったからだ。以前付き合っていた頃は詩織のプライベートに大した関心を見せなかったのに。

詩織以外が相手の場合は、そうではなかったのだろうか。

そう例えば、彼のマンションで見た綺麗な女性が相手だったら……。

心が過去の一場面に戻りそうになる。それを大雅の声が止める。

「それだけじゃない。雅ちゃんも彼の話を一切しない。家族の話は楽しそうにするのに不自然だ。あれほど幼い子が気を遣って黙っているというのは考えられない。ということは彼と雅ちゃんを会わせていないんだろ？　子供がいることを話してないのか？」

大雅は鋭い。何気なく過ごしていた時間にそんなことを考えていたなんて。

「彼は雅のことを知ってるよ。何度も会ってる」

大雅は気付いていないが雅は理久の話題を何度か出している。ただ雅にとって理久は家族のようなものなのだ。

『ママがいなかったから、じいじとりっちゃんとみやで遊んだの』

そんな風に日常の一コマとして話している。

初めて〝りっちゃん〟の名前が出たとき、確か大雅は『りっちゃんって?』と聞いていた。

雅は『お兄ちゃん』と答えたので、詩織が父方の従兄だと補足した。

だから大雅は詩織の偽恋人〝理久〟と〝りっちゃん〟が同一人物と気付いていない。

「何度も会っているのに、雅ちゃんに何の印象も残していないのか? それに詩織の子育てのフォローをしているように思えない」

「結婚してる訳じゃないのに、子供のことまで頼めないよ」

「つまりその程度の関係ってことだ」

大雅に断言されて、詩織は口を閉ざした。

何を言っても反論される。それも正論で。

「何よりも、詩織が幸せそうに見えない。いつ会ってもあまり顔色が良くないし、隠しているかもしれないが、ときどき寂しそうな顔をしているのを知っている」

想像以上に詩織を観察している大雅に驚いた。

「子育て中なんだもの、どうしても寝不足になるし疲れてはいるよ。寂しそうにしてるつもりはなかった。特に何かあった訳じゃないし大雅の気のせいじゃないかな」

本当に最近何かあった訳じゃない。心が寂しくなるのなんて今に始まったことじゃない。

ひとり親というプレッシャーと雅を父親のいない子にしてしまったことへの罪悪感。それらは彼女が生まれたときから感じているのだから。

「詩織が無理しているところを見たくない。昔みたいにいつも笑ってほしいんだ」

大雅が何気なく発した言葉で、詩織の胸の中に痛みが広がった。

「あの頃は恵まれた環境に気付かずに、親が厳しくて自由がないって不満を持って、本当に子供だった。大雅との付き合いも何もかもが初めてで浮かれていたの。大きな悩みなんてなくて毎日が楽しかった。でもあれから四年も経っているんだよ？　いつまでも子供のままな訳はない。雅を生んで社会に出て私だって変わったんだよ」

大雅は黙ったままだ。ただ詩織の話をしっかり聞いているのは伝わってくる。

「今は悩みがあるし、体の調子も良くないときがあるけど、そんな自分が駄目だとは思ってない。私なりに努力しているつもり。誰かの助けがなくても大丈夫なの。だから大雅はこれ以上私たちのことを気にしないで」

大雅は眉をひそめる。

「放っておけるならとっくにそうしてる」

「大雅は大企業の御曹司なんだからお見合いの話とかだってあるんじゃないの？　私たちには構わずに自分の生活を大切にした方がいいと思う」

彼を突き放すのはこれで何度目だろう。

その度に自分自身が傷ついている。

その身勝手さに辟易するけれど、他にどうしようもない。

「そんなこと詩織は気にしなくていいし、自分の気持ちを大切にしているからこそ、詩織に会いに来てるんだ」

「でも……困るよ。お父さんだって気にしてる」

もし詩織が未婚の母でなく、普通の独身ＯＬだったら父は警戒しなかっただろう。筒宮ホールディングスの御曹司との関係をむしろ喜んだはずだ。

会社の規模は違うものの、家格の釣り合いが全然取れないというほどではないから、結婚の話がお互いの家で出てきた可能性だってある。

でも、それは全てもしもの話であって現実ではない。

父親不明の子を育てている詩織との結婚を、彼の両親は絶対に認めないだろうし、初めから考えもしない。それどころかマイナスと捉える。

今の大雅の積極性に流されて再び深い関係になったとしても、ふたりの間には未来はなくいずれ別れることになる。

何より大雅にとってよくない関係だ。

(雅のことだって秘密にしているのに)

偽りしか言えない詩織が彼の傍にいて幸せになれる訳がないし、もし本当のことを打ち明けたら、彼の気持ちだって変わるかもしれない。

(やっぱり駄目だ)

「大雅、私たちのことを心配してくれる気持ちは嬉しいけど、もうこうやって気軽に会いに来ないでほしい」

「どうしてだ？　迷惑がられていないと思ったのは俺の勘違いか？」

彼は洞察力があるから、詩織と雅の態度を見てそう思ったのだろう。

実際間違っていない。

「迷惑じゃないけど、でもこんな関係はいつまでも続かないから。大雅の環境だって変わる可能性があるでしょ？　そのとき急に会えなくなったら雅が悲しむ。ずっと一緒にいられると期待を持たせて、やっぱり駄目だったたって傷つけたくないの」

雅の気持ちの問題を出すと、大雅は初めて躊躇いを見せた。

彼が黙った隙に、詩織は腕時計に視線を落とした。

「そろそろ帰らなくちゃ」

「ああ……」

詩織に時間の制約があることは大雅もよく分かっている。

納得出来ない様子ながらも、無理に止めることはしなかった。

彼は詩織を薬局まで送り、それから駅に向かい去っていった。

必要な日曜品を購入して帰宅すると、いつものように雅が出迎えてくれた。

「ママ、おかえり！」

「ただいま」

「あれ、おにいちゃんは？」

「帰ったよ」

詩織は「そうなんだ」と目を伏せた。寂しそうなその様子に胸が痛む。

大雅にいつか別れるとき雅が寂しがると言ったが、既に遅かったのかもしれない。

家族で食事をしてから雅の入浴を済ませる。髪を乾かしたり、飲み物を飲んだりしている内にすぐに眠気が襲ってくるようで、うとうとし始めた。

「雅、お布団に行こうか」

「うん」

眠そうに目をこする雅を連れて寝室に向かおうとする。

そのとき父が声をかけてきた。

「詩織、話があるから降りてきてくれ」

「あ、はい……」

父の方から呼び止めるのは珍しい。

(大雅のことかな)

父も今の状況を不自然に感じているのだろうか。

雅を寝かしつけてから、階下のリビングに向かう。

父は軽いアルコールを口にしていた。

「お父さん」

詩織が声をかけると、近くのソファに座るように合図される。

「どうしたの?」

「ああ、一度ちゃんと聞いておきたいと思ってね。筒香さんとのことだがどうなってるんだ？」

（やっぱり思ってた通り）

「心配しないで。もううちに来ないように今日話したから」

「え、そうなのか？」

父はほっとしているというより、驚いている様子だった。

「うん。彼は今私なんかに関わっている場合じゃないって、以前お父さんに聞いていたし、雅とも必要以上に親しくさせるのはよくないかと思って……駄目だった？」

もしかして、仕事上の関係が悪化するのを案じているのだろうか。

「駄目ということはないが、筒香さんはそれで納得していたのか？」

「納得していたかは分からないけど、険悪になったりはしていないから大丈夫」

「そうか……詩織はそれでいいのか？」

父は探るような目で詩織を見つめた。

「もちろん。いいから言ったんだもの」

嘘だった。良くはないけれど仕方ないと思ったのだ。

「それならいいんだが。提携しているプロジェクトもそろそろ軌道に乗りそうだから、彼がうちの社を訪れることもなくなるだろう」

「そうなんだ」

いつまでも今のままという訳にはいかないと分かっていたが、それでも寂しさを感じる。

「詩織、筒香さんとは本当に何もないんだな？」

「……ないよ。彼の方もそう言ってたでしょう？」

「そうだな。はっきりは聞いた訳じゃないが……ただ最近知り合ったふたりにしては、なぜかそう見えないときがあったから」

意外に鋭い父に動揺した。

「本当に何もないから。大体筒宮ホールディングスみたいな大企業の御曹司が、私を相手にする訳ないでしょ？　話ってそれだけ？」

「ああ」

「それなら私は上に戻るね。雅をひとりにしておくのは心配だから」

早口で言いソファから立ち上がる。

まだ何か言いたそうな父を置いて、詩織は逃げるように部屋に戻った。

大きなベッドに小さな雅が眠っている。その隣の空いているスペースに詩織は体を滑りこませた。

すやすやと気持ちよさそうな寝息が聞こえてくる。詩織は彼女の柔らかな髪をそっと撫でた。

こうやって一緒に寝られるのはあとどれくらいだろう。

感傷的になっているせいか、ついそんな考えが浮かび寂しくなった。

こんな日はさっさと寝ようと目を閉じても、暗くなった瞼の裏に浮かぶのは、昼間の出来事だった。

『俺は詩織とやり直したいと思ってる』

何かと詩織と関わろうとする大雅を見ていると、その意向は予想出来ていた。きっと彼は昔のような軽い付き合いを望んでいるのだろうと。

だからその台詞自体には驚かなかったけれど。

『詩織に相手がいると受け止めても、諦めることが出来なかった。だから詩織に会いに行くのをやめなかった』

『子供を生んでいたことを知っても気持ちは変わらなかった。むしろ何か助けになりたいと思ったよ』

強い想いと執着を感じる言葉。そんな風に言われるとは夢にも思っていなかったから酷く驚いた。

そして同時に苦しくなった。

(四年前にそう言ってくれていたら)

詩織から連絡を絶ったとき、今みたいに追いかけて来てくれていたら、もしかしたら今頃彼と一緒にいたのかもしれない。

時が過ぎ取り返しのつかなくなった今になって、どうして詩織を惑わすのだろう。

詩織は今でも彼が気になっているし、雅に優しい姿を見ていると好意を覚える。

もしかしたらと、甘い希望を持ちそうになる。

だけど現実的に、上手くいく訳がない。

そう分かっているから、身動きが取れないままでいる。

第六章　助けを求めたいのは

詩織がはっきりと拒絶したからか、大雅が小桜家に近づくことはなくなった。
父が言っていた通りプロジェクトが落ち着いたようで、会社で見かけることもない。
そうなると勝手なもので寂しさを感じることが多々あった。
雅もときどき思い出したように、「大雅お兄ちゃんは？」と聞いてくる。
その度に申し訳なさに苛まれた。
（私がもっと早く毅然とした態度を取っていればよかったんだ）
結局詩織は本心では、大雅の訪問を喜んでいたのだ。
だから困ったと言いながらずるずると受け入れていた。

自己嫌悪に陥りながらも、早く落ち着いた日常を取り戻そうとしていたある日、雅と一緒にイベントに参加することになった。
唯一のママ友とも言えるゆうちゃんママがリーダー役となっている育児サークルの集まりで、隣県の大きな公園で遊ぶという企画。

その公園にはうさぎなどの小動物と触れ合えるコーナーがあり、以前から雅を連れて行ってあげたいと思っていたところだった。

普段はそういったイベントはほとんど参加していないが、ゆうちゃんママの誘いをいつも断ってばかりじゃ悪いと思ったこと。

来年の保育園入園に備えて、同年代の子供と関わる機会を増やしたいと考えたことが、参加に繋がった。

詩織はママ同士の集まりに慣れていないのでかなり緊張したが、参加者は皆人がよく、思っていたよりもずっと楽しむことが出来た。

雅もうさぎを愛でたり、新しい友達と遊んだりで、とても満足している様子だった。

思い切って参加してよかった。ただ一点問題がある。

公園は交通の便が悪い場所にあり、しかも現地集合だったのだ。

バスか車で行くしかない。

日頃から親しくしている人たちは何人かで車に乗って来ていたが、あいにく詩織に相乗りを頼めるような相手はいないので父の車を借りて、自ら運転することになった。

ペーパードライバーではないが、上手いとも言えない運転レベルなので、緊張する。

行きは日中の明るい中での運転だったから見晴らしがよかったが、日が暮れて辺りが段々薄暗くなってくると道路や周辺が見辛くなった。

車の方が融通が利くし楽だろうと思ったけれど、やはりバスを使った方が安心だったかもしれない。

それでも慎重に運転して、馴染みのある景色が広がる自宅近辺まで戻ってきた。

自分のテリトリーに入ると安心する。

チャイルドシートに座り、ご機嫌で詩織に話しかけてきていた雅はいつの間にか眠ってしまったようだ。

(家に着いても眠そうだったら、お風呂入れるの大変そうだな)

突然目の前にまばゆいライトが飛び込んできたのは、そんなことを考えていたときだった。

「きゃあ!」

自然と口から悲鳴が漏れる。その直後、ガンッと強い衝撃が走り、何かが壊れるような激しい金属音が何秒か続いた後に車が強引に止まった。

詩織は、ハンドルをぎゅっと握っていた手の力を抜き、雅の方に目を向けた。

「雅、大丈夫?」

衝撃で目が覚めただろう雅は、丸い目をぱちぱちしていたけれど、詩織の声かけがきっかけになったのか、ぽろぽろと泣き始める。

「うわーん」

「ごめんね、怖かったね」

詩織自身も恐怖で体が震えていたが、なんとかチャイルドシートのベルトを外して、雅を抱っこした。

そして周囲の状況を確認して唖然とした。

詩織の車は車道から隣の草むらに飛び出していたのだ。多分ガードレールにぶつかったまま進み、レールが途切れているところでコースアウトしたのだろう。

「うそ……」

一体どうしてこんなことに。状況を思い出そうとしても、頭に浮かぶのはまばゆいライト。

(そうだ……対向車がこちらの車道に飛び出してきたんだ)

緩やかなカーブに差し掛かったところで、対向車の存在を発見するのが遅れたこともあり突然の出来事に感じたのだ。

恐らく詩織は咄嗟に対向車を避けようとしてハンドルを切った。

少しタイミングがずれたら大事故になっていたかもしれない。

雅も詩織も怪我をしていないのは、ただ運が良かっただけ。

改めて確認した事実に恐怖がぶり返してくる。

けれどただ震えているままではいられない。

ぎゅっとしがみついてくる雅をあやしつつ、事故の後始末をしなくては。

(車はお父さんの名義だから、すぐに知らせないと)

震える手でバッグからスマートフォンを取り出し画面をタップして発信する。

しかしなぜか出てくれなかった。母にかけても同じで、そのときようやく今日ふたりは地方の母の実家に行っていたのだと思い出した。

(駄目だ、すぐに折り返しが来ないかもしれない)

その前に自分でなんとかしなくては。

だけどどう動けばいいのか分からない。

事故を起こしたのだから警察に知らせるべき? ガードレールを壊したことはどこに言えばいいのだろう。車の修理をディーラーに依頼して……いやそれより前に動くか確認しなくては。

(どこからかける? ……あっ、電話番号が分からない)

焦っているせいか頭が上手く回らない。辺りはますます暗くなっていき、それが余計に恐怖心を煽った。

元々交通量の少ない道路だからか、行きかう車も少ない。

ときどき通過する車もわざわざ止まってくれなかった。

(どうしよう……雅がいるんだからいつまでもこうしていられないし)

メッセージアプリの画面を表示させたまま考える。

詩織が今助けを求められる人は……真っ先に浮かぶのは大雅だった。

彼の番号を表示させ発信する。

勝手だと分かってる。

もううちに来ないでと突き放したのは詩織なのだ。今更何の用だと言われるかもしれない。

それでも今は、彼に頼りたい。何かアドバイスを貰えたら……。

不安で息苦しさを覚えていると、そう時間をかけずに大雅が応答した。

「詩織?」

低く魅力的ないつもの彼の声が聞こえてきた。

「あ、あの大雅……」

「どうした? 何かあったのか?」

まるでこちらの異変を察したかのように、彼の声音が変化した。

「私、車で事故を起こしちゃって……雅も一緒なのに」

「えっ？」

驚愕した声が耳に届いたが、すぐに冷静な声音に変わり問われた。

「怪我は？　どこにいるんだ？」

「私も雅も怪我はしてない。でも車が動くか分からない……」

「すぐに行くから場所を言ってくれ」

迷いのない大雅の言葉に、詩織は目を見開いた。助けを求めたのは自分だけれど、すぐさま駆けつけてくれるとは思わなかったのだ。

泣きたくなるような感情の揺れを感じながら、詩織は大体の場所を彼に伝える。

大雅は通話を切らないまま移動しているのか、ときどき声が聞こえ辛くなったが詩織に何をすればいいか冷静に指示してくれたので、とても助かった。

彼の落ち着いた声を聞いていると、しっかりしなくてはと思う。

電話を切り、大雅に言われた通り警察に連絡をする。思ったよりは落ち着いて話せたようだ。その後、父にもう一度連絡をしてメッセージを残した。

保険会社との交渉などについて、父と相談しなくてはならないからだ。

全てを終えてから雅を抱っこして車を降りて待つことにした。

しばらくすると一台のタクシーが近くに停車した。

すぐに後部座席のドアが開いて大雅が降りてきた。彼はさっと周囲を素早く見回して詩織を発見すると足早に近づいてきた。

「詩織、大丈夫か？」

「大雅……うん、なんとか」

ほっとした。ずっと緊張し通しだった体から力が抜けていくようだった。

「大雅お兄ちゃん？」

幼いなりに緊迫した状況を察し言葉少なだった雅も、大雅を見て嬉しそうにする。

「雅ちゃんも大丈夫そうだな」

大雅はほっとしたように呟く。

「警察に連絡したからそろそろ着くと思う。お父さんはまだ連絡がつかなくて、メッセージは残したんだけど」

「そうか。警察が来たら現場検証だ。一時間以上かかると思う。初めてのことで不安だろうが正直に話せば大丈夫だ」

「うん」

「俺もついてるから」

今そう言ってもらえるのは……いや、ただ隣にいてくれるだけで本当に心強い。

「自分が事故を起こすなんて思ってもいなかった。すごくショック。怪我がなかったからよかったけど、雅をこんな危ない目に遭わせてしまうなんて母親失格だよ」

「反省するのは大切だが、あまり自分を責めるな。誰だって事故を起こしてしまう可能性はあるんだ」

大雅は詩織を慰めようとしてくれているのか、いつもよりも口調が優しい。

「車が急に飛び出してきたように見えたの。焦ってハンドルを切ってガードレールにぶつかっちゃったんだと思う。自爆だよね」

「相手がセンターラインを越えてきたんだとしたら、そんな状況で上手く回避するのは無理だろう。正面衝突しなかったから怪我がなくて済んだんだ」

大雅はそう言うけれど、もしも運転していたのが詩織じゃなくて他の誰かだったら上手く対応出来たかもしれない。

「飛び出してきた車は多分そのまま行ってしまったと思う」

「すぐに警察が捕まえるさ。ドライブレコーダーが記録してるし、定点カメラにも映ってるはず……」

大雅がはっとしたように道路の先に視線を向ける。詩織も追うようにそちらを見るとパトカーが近づいてくるのが見えた。

大雅が言っていた通り現場検証や事故車の後処理を終えたのは、午後九時になる頃だった。

雅はすっかり疲れてしまったようで、詩織の腕の中でぐっすり眠っている。

「いち段落だな、大丈夫か?」

彼はずっと付き添い、詩織が不安にならないように支えてくれた。

「大雅ごめんなさい、迷惑をかけて。でも傍にいてくれて本当に助かりました。ありがとう」

彼がいなかったらパニックから立ち直れなかったと思う。

「いいんだ。連絡をくれてよかった」

「でも、せっかくの休日を台無しにしちゃった」

「詩織に頼ってもらえて嬉しかったよ」

大雅が詩織を見つめる。その目は真摯で決して社交辞令で言っている訳ではないのだと感じた。

「……ありがとう」

「よかったら代わろうか？　ずっと抱っこしてたから疲れているだろ？」

大雅は遠慮がちに手を差し伸べていた。眠る雅を引き取ろうとしてくれているのだろう。

彼の言う通り腕はしびれかけていて、正直言えば辛かった。

一瞬躊躇ったけれど彼に甘えて雅を抱っこしてもらうことにした。彼女が起きないようにそっと渡す。

「雅は抱っこが大好きなんだけど、最近はずっしりしてきてなかなか大変なの」

大雅は壊れ物を扱うように大切に受け止めた。

「思ったよりずっと軽い」

詩織の言葉でそれなりの重みを想像していたのだろうか。彼は少し驚いたように言う。

「初めは大丈夫だけど時間と共に重くなる気がして」

「そんなこと全然ないだろ。心配になるくらい軽いよ」

大雅は体力があるからそう感じるのだろう。

雅を抱っこした大雅と並んで歩く。大通りまで出てタクシーに乗る予定だ。

何から何まで世話になって申し訳ない。そう思う一方で頼りになる彼の隣にいることに心地よさを覚えている。

ひとり親であることで卑屈にならない、他人を羨ましいと思わないと自分に言い聞かせて今までやってきたし、今後も家族以外に頼るつもりはなかった。

だけど今詩織は大雅を頼り、心身共にもたれてしまいたい気持ちになっている。

タクシーはすぐに捕まった。

後部座席に雅を抱いた大雅と並んで座る。彼は雅をしっかり抱き慈愛に満ちた眼差しで見つめていた。

「ぐっすり寝ている。疲れたんだな」

「うん。でも夜中に泣いて起きるかもしれない。怖い目に遭った日の夜はそうなるの。ずっと抱っこしてなんとか落ち着かせる感じ」

「そうなのか？　じゃあ詩織も眠れないな」

「そうだね、でも仕方ないよ。三歳になって言葉も増えておしゃべりになったけど、まだまだ幼いし」

「そうだな。早く不安を取り除けるようにしてあげないとな」

大雅が雅を心配そうに見つめた。

彼は雅が自分の子だと知るはずもないのに、親身になって考えてくれている。

(もし本当のことを知ったら大雅はどうするのだろう)

隠し子というスキャンダルにショックを受けて距離を置く？　いや今の彼ならより一層関わりたがるかもしれない。

(認知とか親権を主張するかも)

どちらにしても詩織と雅は今まで通りの暮らしは送れなくなる。

(本当にそうなったら、どうすればいいんだろう)

今の環境を変えたくない。

そう思ったとき、ふと気が付いた。

彼にとっての負担になるから真実は言わないと決めていたけれど、本当は自分が怖かったのかもしれないと。

(私は結局、自分自身の都合で黙っているんだ)

自覚したら黙っていることの罪悪感がより一層大きく膨らんできた。

大雅は雅の年齢的に自分が父親の可能性があるとは考えているようだけれど、疑惑が濃いとは考えていないようだ。

雅はとても小柄で色素が薄い。そんなところは詩織にとてもよく似ている。

でも、彼女の目鼻立ちは完璧と言っていいほど整っていて、それは間違いなく大雅譲り。今はふっくらしたほっぺや、いつもニコニコしている表情で気付かれ辛いけれど、もう少し大きくなったら大雅との共通点が目立ってくるはずだ。

そのとき彼は改めて疑惑を持つかもしれない。


詩織が内心悩んでいる間に、タクシーは自宅に着いた。

現場検証中に連絡が取れた両親は、宿泊の予定を変更して戻ってくると言っていたが、距離的にあと一時間以上はかかるだろう。

家の鍵を開けて電気をつけて大雅に雅を運んでもらう。二階の寝室ではなく一階の和室に布団を敷いて横たえた。何かあったときに、すぐ対応するためだ。

今日の雅は精神的に不安定だから、ひとりにはさせられない。

しばらく様子を見守ってからリビングに戻った。

ふたり分のコーヒーを淹れて、ソファ前のローテーブルに置く。

「ありがとう」

大雅は詩織が淹れたコーヒーを口に運ぶ。

「美味しい」

「本当？　よかった」

詩織もカップを口に運ぶ。久しぶりにミルクと砂糖をたっぷり入れた。温かさと甘さが今の気分にぴったりだと感じた。同時に身体が酷く重いのを自覚した。

安心したせいか疲れが一気に表に出てきたようで溜息が漏れる。

「大丈夫か？」

「なんとか」

微笑んで答えると、大雅も表情を和らげた。

「少しは落ち着いたみたいでよかったよ」

「うん」

「顔色はよくなってきてる。でも明日は仕事を休んだ方がいい」

大雅の発言は気遣ったものだが、詩織は困ったように眉を下げた。

「難しいかな。雅が心配だから休みたい気持ちはあるんだけどね……」

職場は融通が利く。直属の上司に事情を言えば快く休ませてくれるだろう。

だけどそういった待遇をよく思っていない人が部署内にいる。

詩織が社長の娘だということは周知されているので、表立って何かを言う人はいないけれど、距離を置かれているのは感じていた。

有利な面はもちろんあるが、反発されやすい立場でもある。

しかも未婚で子供がいるという事実はごく一部の社員以外には伏せているので、よく休みを取り残業も滅多にしない気楽なお嬢様といったイメージで見られがちだ。

それらの要因で、不満を持たれているようだ。

率先して面倒な雑用を引き受けたり、詩織なりに気遣っていても評価を変えるまでには至らない。

(月曜日に急に休んだら遊び疲れたって思われそう)

以前、雅の急な発熱で休んだときそんなことを言われてショックを受けて、出来るだけ突然休みは取らないと決めているのだ。

しかし事情を知るはずもない大雅が眉をひそめた。

「事故にあったんだ。今は何もなくても明日不調が出るかもしれない。そうは見えなかったが休みに理解のない職場なのか?」

「上司の理解はあるけど、同僚に対して気まずくて」

「子育て中に休みが多くなるのは仕方がないんじゃないか？　気にし過ぎだ」

「私が子持ちだってこと、ごく一部の人以外は知らないの」

「え？　どうしてだ？」

「父の意向で。自分の娘が未婚の母だとはなるべく知られたくないみたい。上司は事情を分かっていて協力的なんだけど、何も知らない同僚との関係もあるから気を遣うの」

「そうか……大変だな」

大雅は黙り込んでしまった。

沈黙に気まずさを感じながら、詩織はコーヒーで喉を潤した。思ったより喉が渇いていたようで染みわたる感じがする。

「なあ……本当に父親が分からないのか？」

隣の部屋で寝ている雅を気にしてか、大雅が声を潜めて言う。

「……うん」

迷いながらも打ち明ける勇気が出なかった。

「今でも探す気も確かめる気もない？」

「もし父親が分かったとして、実は子供がいましたって急に言われたらショックだろうし怒りも覚えると思う。その人の今の生活を狂わせて迷惑をかけちゃうかもしれない。だから言わない方がいいと思うの。それが正しいのか自信は持てないけど」

大雅は眉をひそめる。詩織の考え方が納得いかないのかもしれない。だけど彼はそれ以上追及せずに代わりに思いがけないことを口にした。

「そうか。だったら俺が父親になると言ったらどうする？」

詩織は大きく目を見開いた。

「大雅が父親？　何言って……冗談はやめて」

「本気で言ってる……今日詩織から事故に遭ったと言われて本当に焦ったんだ」

大雅はそう言うが、彼が慌てているようには一切見えなかったから意外だった。

「心配で傍で守りたいと思った。でも駆けつけても他人じゃ出来ることが限られてる。詩織が大切にしている雅ちゃんに対しても助けてあげられない」

大雅の目は真剣だった。遊びで言っているのではないと分かる。

「両親に連絡が付かなくて、どうしようと思って気付いたら大雅に連絡をしてたの。大雅なら助けてくれるって無意識に思っていたのかもしれない。でも……雅の父親になるとまで言ってくれるとは思わなかった」

「混乱しているときに俺を頼ってくれた。そんなことを聞いたら期待するなという方が無理だ」

「でも……」

「詩織は俺のことをどう思ってる？」

ストレートに聞かれ、詩織は思わず彼から目を逸らした。

だけどもう誤魔化せないと分かっている。

彼が更に後押しをするように言葉を続ける。

「嫌われてはいないと思ってる。避けようとするのは、雅ちゃんのことがあるからだろ？」

「……うん。それと大雅がどうして私を気にかけるのかも分からないし戸惑ってる」

四年前は今よりもっと深い関係だったけれど、詩織が連絡を絶ってもアクションはなかった。

まさに去る者追わずで、ほんの少しだけ連絡してきてくれるかもしれないと期待していた詩織の心を打ち砕いた。

（あのときは他に女性がいたから？）

ふとそう考え、暗い気持ちになった。

今は二股のようなことはなかったとしても、また裏切られるかもしれない不安がないとは言えない。

「詩織が困惑するのは分かる。自分でも性急だと自覚してるんだ」

「大雅は再会したときから私に対してフレンドリーで、疎遠だったブランクを感じなかった。それも不思議で……」

「そうだな。ただ俺にとって詩織は過去の人じゃなかったから。思いがけなく嬉しくて距離感を誤った」

「過去の人じゃないって、私のことを思い出したりしてたの？」

そうだとしたら驚きだ。

（私との思い出なんてすっかり忘れているだろうと思っていたのに）

他の人との恋愛経験のない詩織と違い、彼は疎遠の間にも数々の出会いがあっただろうに。

「思い出したよ。沢山後悔した。そんな気持ちになったのは初めてだった。詩織とは話したいことが沢山あるんだ」

彼の優しい微笑みを見ていると切なさがこみ上げる。

いくつもの事情で彼との将来などあり得ない。期待してはいけないと自分に言い聞かせていたけれど、それでも惹かれる気持ちは止められなかった。

今でも好きなのだ。そして頼っている。

（血が繋がっていると知らないのに雅の父親になると言ってくれたんだもの）

不安はいくらでもあるけれど、頑なに拒否する必要はないのではないだろうか。

再び彼との関係を一歩踏み出すのは怖いけれど。

「私も大雅のことをよく思い出してた。忘れたことはなかったよ」

詩織の言葉に大雅が喜びの表情になった。

「これからのこと、前向きに考えてもらえるか？」

「その前に……私大雅に嘘をついているの」

失望されるか不安だった。けれど彼は分かっているというように頷いた。

「恋人がいるって話だろ？　嘘だって大分前に気付いてた」

「え、どうして？」

「詩織といても男の気配が一切なかったから。冷静に考えると俺を遠ざけるためについた嘘で、彼は友人か親戚あたりじゃないかと思ってた」

完敗した気分になった。

「その通りです。理久はときどき雅が話題にするりっちゃんなの」

「なるほど、そういうことか。だからあの顔か」

「あの顔？」

「彼、詩織が恋人だって言ったとき、ぎょっとした顔をしてた。俺に対する警戒も見られなかったし今思い出すと違和感だらけだ。その場ではショックで気が回らなかったんだけどな」

「ごめんなさい」

しゅんとする詩織に、大雅は優しく答える。

「いいよ。それよりさっき言った通り、これからの関係について考えてほしい」

「本当に私でいいの？　大雅はこの先もっと相応しい人と出会うかもしれないよ？」

「俺は詩織じゃなくちゃ駄目なんだ」

はっきり宣言した彼の言葉に、詩織は頬を染めながら頷いた。

彼の迷いのない返事が嬉しかった。

「分かった。ちゃんと考える」

「ありがとう」

ほっとしたように微笑む彼を見ていると、詩織の気持ちも前向きになった。

もしかしたら幸せになれるのかもしれない。そんな期待がこみ上げてくるのだ。

大雅は一時間後に両親が帰宅するまで一緒にいてくれた。

両親は彼がいることに驚いていたけれど、詩織が事情を説明すると、ふたり揃って大雅に頭を下げた。

「筒香さん、申し訳ありません。娘がとんでもないご迷惑を……」

「いいえ、たまたま近くにいたんですよ。気になさらないでください。それで事故の状況ですが……」

大雅は両親に詩織との関係を伏せておくつもりのようだった。さらりと流し要領よく状況の説明をしてからすぐに帰宅した。

「本当にお世話になりました。このお礼はまた改めて」

両親と共に大雅を見送った後、詩織の口からも詳細を話すように迫られた。

大雅を呼び出したことや、車に慣れていないのに運転し辛い道を選んだことなど少し注意されたが、修理や保険に関しては父が対応してくれることに話がまとまった。

母が雅を見てくれている間に詩織は入浴した。

出てくると簡単な食事を用意してあった。食欲はなかったけれど、体のためには何か食べた方がいいはずだ。母の気遣いもありがたかった。

「ありがとう。お母さんも疲れてるのにごめんね」

「いいのよ。それ食べたら今日は休みなさい」

「はい」

両親と大雅には感謝しかない。

今夜は支えてくれる人の温かさが身に染みた。


雅はよく眠っているので移動させず、今夜は詩織も一階の和室で眠ることにした。

「明日は休みなさい」

父が大雅と同じような発言をした。今度は詩織は反論せずに頷いた。

あれから考えて、雅を預けるにしても母に負担がかかる。どんな選択をしても誰かに迷惑をかけるのだったら雅の側にいた方がいいと思ったのだ。

（出社したら、休んだ分一生懸命働こう）

そう決めて、眠る娘の隣に横たわる。

（あと少しで起きるかな）

怖い夢を見るかもしれない。

そうでなくても、おやつの後に何も食べていないから、お腹が空いているはずだ。

（何か用意してあげないとね……）

冷蔵庫にあるものを思い浮かべていると、詩織にも睡魔がやってきた。

第七章　新しい関係

七月。詩織は照り付ける強い日差しから逃げるように、早歩きでオフィス街を歩いていた。

行き先は新しく出来た創作料理のレストラン。

有名フランス料理店のスタッフが独立して開いた店で、開店間もないというのに口コミ人気で常に満席が続いている。そのため小桜食品のオフィスの近くだというのに詩織が利用するのは初めてだ。

上品な雰囲気の入口から店内に入りスタッフに目で合図をする。

「十二時で予約をしているのですが」

「お名前を伺えますか？」

「はい、筒香です」

大雅の苗字を言うとき少しだけ躊躇った。なんとなく照れくさかったのだ。

「お連れ様は既にいらっしゃってます」

スタッフに案内されて奥の個室に案内される。個室は一室しかないようで、よく押さえられたなと感心した。

「こちらです」

室内は八畳程度で奥に中庭が望める大きな窓。中央に六人は座れそうなテーブルに置いてあった。

窓の前に立ち庭を眺めていた大雅は、ドアが開くのと同時に振り返り、詩織と目が合うと優しく微笑んだ。

「急に呼び出してごめん」

「大丈夫。でもこのお店に呼ばれたのは驚いた」

詩織が大雅に近づく間にスタッフは下がったようだった。気付けばふたりきりで大雅は詩織をエスコートするように椅子を引き席に座らせる。

「仕事で近くまで来る用があって、せっかくだから詩織に会いたいと思い立ったんだ。急だったけどちょっとした伝手があって無理を聞いてもらった」

「すごい。さすが筒宮ホールディングスの御曹司だね」

詩織がちょっとふざけて言うと、大雅は「御曹司はやめろ」と眉をひそめる。

だけどすぐに楽しそうに微笑みながら自分も詩織の正面に座った。

最近はこんな風に和やかな時間が過ごせている。

それは詩織が彼を拒否しなくなったからというのが大きいだろう。

詩織の変化を察した大雅は、以前よりも積極性を増してきている。

心身共にふたりの距離は近くなっているのは明らかだった。

とはいえ、ふたりきりでゆっくりする時間はほとんどない。

夕食を共にしたことはあるけれど、そのときは雅も一緒で長居は出来ないからだ。

当然それらしい雰囲気にはならない。

その点ランチは休憩時間が限られているけれど、大人の時間を過ごせるのがいい。

「お勧めだっていうコースを頼んでおいたんだ」

「ありがとう」

事前に手配してくれていたのならそう待たずに来るだろう。

「詩織は、夏休みはどうするんだ？」

「私は少し遅くて、九月の二週目が休みなんだけど、特に予定はないよ」

詩織の所属する総務部は七月から九月の間に交代で休みを取る。

各自希望を出してから重ならないように調整するのだけれど、詩織は普段休みがち
という負い目があるので、同僚の希望を優先して余った日程から選んでいる。

今年は九月上旬の希望者がひとりもいなかったので、必然的にそこになった。

「雅ちゃんをどこかに連れていかなくていいのか？　あの子はどんな遊びが好きなんだ？」

「雅は最近動物園がお気に入りなの。家でもいつも動物図鑑を見てるくらい。この前ふたりで行ってきたんだけど、また行ってもいいかな」

ただ雅はまだ長時間のお出かけが苦手だ。すぐに疲れてしまうから、どうしても近場になる。

「海やプールは？」

「私が休みの日は庭に子供用プールを広げて水浴びさせてる。気持ちいいって喜んでるよ」

「ビニールのプールか？」

「そうそう」

大雅は眉をひそめた。

「雅ちゃんの歳じゃそろそろ物足りないんじゃないか？　あれじゃ泳げないだろ」

「雅は泳げないの。来年から保育園に入れるから大きなプールはそのときデビューかな」

「保育園に行く前に、教えてあげた方がいいんじゃないか？　いきなりじゃ戸惑うだろう」

それは分かっている。実は詩織も気になってはいた。

「ただ泳げない私が適当に教えるより、先生に指導してもらった方がいい気がして。何事も最初って肝心でしょ？」

「え、詩織泳げなかったのか？」

大雅は意外そうに目を見開く。

「うん。子供の頃から水が怖くて、そのまま克服出来なかったの。海にもあまり行ったことがない」

「それは知らなかったな」

「話題にしなかったものね」

彼と出会ったのは七月で、ひと夏を一緒に過ごした割りに海に行こうなんて話にはならなかった。

門限が厳しいうえに、インドア派の詩織に合わせてくれていたのだろうか。

「大雅は泳ぎは……」

得意なの？　と聞こうとしたとき、スタッフがコース料理を運んできたので詩織は口を噤んだ。料理に目を奪われたのだ。

まずは前菜。瑞々しい野菜がセンスある器に繊細に盛り付けられていてとても美味しそう。

「いただきます」

詩織は顔が輝かせてフォークを手に取った。

その後続いたスープと魚料理も評判通りとても美味しかった。

人気があるのも納得だ。予約を取ってくれた大雅に感謝をしないと。

そんなことを考えながら食後のコーヒーを飲んでいるとふと視線を感じた。

大雅が詩織をじっと見つめていたのだ。

柔らかな優しい眼差しに鼓動が跳ねた。

「あの、どうしたの？」

「いや、最近は笑ってくれるようになったと思って。喜んでたんだ」

「今までも普通に笑ってたと思うけど」

首を傾げる詩織に、大雅は苦笑いをした。

「自覚がなかったみたいだが、再会してからの詩織は俺を避けて、目が合えば顔を引きつらせてた。笑うなんてとんでもない」

「え、そんなにあからさまだった？」

彼は大切な取引先の人間だから無礼な態度は取っていないつもりだったけど。

「俺を見ると逃げるように視線を逸らしてた。結構ショックを受けてたんだ」

「……ごめんなさい。悪気はなかったんだけど、あまり関わらない方がいいと思って。父からも注意されていたし」

「社長になんて？」

大雅の顔に戸惑いが浮かぶ。

「大雅と再会した日にお父さんにいろいろ聞いてしまったの。これからも会社に出入りするの？　とかね。そうしたら勘違いしたみたいで、余計な心配されちゃった」

「勘違い？」

首を傾げる大雅に、詩織は気まずさを感じながら頷いた。

「私が大雅を気に入ってちょっかい出したらまずいって思ったみたい。私のせいでトラブルに発展して、取引に影響したら困るからじゃないかな」

「詩織はそんな軽率な行動をしないだろ。社長は娘を信用してないのか？」

大雅は不満そうにそう呟く。父の評価が下がる危機に詩織は慌てて弁解をする。

「信用がないのは私が悪いの。雅のことで散々心配をかけてきたし、大雅と知り合いだって言ってなかったからね」

「こんなこと聞くと詩織の気分を害してしまうかもしれないけど」

大雅が珍しく言いよどむ。

「何？　気にしないでいいよ」

会話の流れから大体予想はついている。

「雅ちゃんを生むとき反対されたのか？」

やっぱり。詩織はすぐに頷いた。

「父と母は茫然としてた。真面目な学生のはずの娘が、未婚で出産するなんて親としては信じたくなかったみたい。その後はかなり責められた。それでも私は産むことしか考えられなかったけど」

「……不安はなかったのか？」

「不安だらけだったけど、私は母性に目覚めるのが早いタイプだったみたいで、なんとしても生んで育てたいって気持ちの方が大きかった。両親も生むこと自体に反対はしなかったし、雅には優しいの。子育てのサポートも助かってるし感謝してるんだ」

「それならよかった」

大雅はほっとしたように言う。

（心配してくれてるんだ）

そんな気持ちが伝わってきて心が温かくなった。

会話が途切れたけれど、穏やかな沈黙で心地よい。

コーヒーを飲み終えた頃、大雅が詩織を見つめながら言った。

「俺も九月に休みを取るよ」

「そうなの？」

「ああ。雅ちゃんを連れてどこかに行こう。あれから車を怖がったりはしていない？」

「大丈夫だと思うけど……本当にいいの？　子供連れの遠出って結構大変だよ」

彼はあまり頻繁に休めないだろうし、久しぶりの連休はゆっくりした方がいいのではないだろうか。

「大丈夫。子供と大人、どちらも楽しめそうなところを考えておくから楽しみにしていてくれ」

大雅は自信満々で言う。任せろと訴えてくるような力強さだ。

「うん、ありがとう。雅もきっと喜ぶよ」

夏休みまではまだ二月あるが、楽しみで待ち遠しい。

ただひとつ、両親にどう説明するのかが問題だ。

その日の夜、雅を寝かしつけた詩織は、すぐに寝室を出て一階のリビングに向かった。

リビングでは両親がコーヒーを飲みながらそれぞれ好きに寛いでいた。

母は趣味のレース編み、父はニュース番組を見ているところだ。

「お父さん、お母さん、少しいい？」

詩織が声をかけるとふたりの視線が向く。

母がかぎ針を置いて、「どうしたの？」と尋ねてくる。

詩織はソファの空いているスペースに腰を下し、少し緊張しながら切り出した。

「夏休みなんだけど」

「ああ、詩織は確か九月だったか？」

父が頷く。

「うん二週目。お父さんはお盆の時期だよね」

「ああ。詩織と休みが合えば、雅を旅行にでも連れて行ってやれたんだけどな」

「実はね、夏休みに旅行に行こうと思ってるの」

「え、ふたりで大丈夫なの？」

母の表情が曇った。先日事故を起こしたこともあり、心配しているのだ。

「どこに行くんだ？　公共交通機関を使うとしても、場所は選ばないと駄目だぞ」

父の問いに、詩織は少し緊張しながら口を開く。

「それは大丈夫。実は筒香さんと一緒に行く予定で……」

「えぇっ！」

両親から驚愕の声が上がった。

「どういうことなの？　あなた筒香さんとお付き合いしている訳じゃないって言ってたわよね？」

すぐに追及してきたのは母だった。レース編みを脇によけ体を乗り出してくる。

「まだ付き合ってはいないんだけど……」

「まだって言うのはどういうことだ？　それらしい話はしているのか？」

今度は父だ。先ほどまでとは打って変わって厳しい目付きになっている。

（やっぱりこうなるよね）

両親に大雅と旅行に行くと伝えたら、問題になるのは分かっていた。

でも雅が一緒に行く以上、隠すのは無理だ。大した時間を置かずにばれるはず。

だったら自分の口から早々に言っておいた方が気が楽だし、後々揉めることもないだろう。

そう考えて早めに打ち明けたのだけれど、説明が大変そうだ。

（分かってくれるといいんだけど）

「私は筒香さんが好きだし、彼も好意を持ってくれてると思う。でも雅のことがあるから付き合うのは慎重になってるの。真剣に考えてるから信用して見守ってくれたら嬉しい」

親に恋愛関係の話をするのは、とても気まずい。

でも詩織の場合は、昔大変な心配をかけたし今も両親に助けてもらっているから、何の説明もしないという訳にはいかない。過去の出来事以外はなるべく正直に話すつもりでいる。

「あなたの言い分も分かるけど、でもいきなり旅行に行くっていうのはね」

母は賛成出来ないようで、不服そうな表情だ。

「順番を間違っている。ふたりで話し合って真剣に将来を考えるような関係なら反対はしないが、中途半端は止めなさい。お前だけでなく雅も傷つくことになるんだよ」

父に諭すように言われ、詩織は頷いた。

「分かりました」

すんなりとはいかないものの、頭ごなしに反対されなかったのでほっとした。

「彼の家族が認めてくれない可能性もあることを頭に入れておきなさい」

「はい」

大雅は自分の家の事情に気遣わなくていいと言っていたけれど、父の言う通りだ。

（一度話し合わなくちゃ）

もう昔のような失敗は出来ないのだから。

詩織が素直に父の言葉を受け入れたからか、会話が途切れた。

父と母は浮かない表情で、冷めたコーヒーを口に運んでいる。

しばらくしてから母が口を開いた。

「近い内に筒香さんと食事にでも行ってくるといいわ。雅は私たちで見ているから」

「ありがとう、そうする。私はもう休むね」

「おやすみなさい」

リビングを出て二階の寝室に戻りベッドに入った。

今夜もすやすや眠っている雅の様子を眺めながら考える。

（大雅との関係をはっきりさせる……問題は私なんだよね）

彼は詩織とやり直したいとはっきり言っている。迷ってはいないのだ。

その返事を曖昧にしているのは詩織の方。

曖昧なままにしているが、彼と過ごす時間が増えるほど気持ちは強くなっている。

大雅が好きだ。今の彼は詩織に対して優しく誠実で気遣いがある。

雅のことも考えてくれて、父親になるとまで言ってくれた。

血の繋がりあるなんて、知らないというのに。

そこまで言われてもはっきりと態度で示せないのは、どうしても不安が拭えないからだ。

(もしまた駄目になったら……)

こんな風に彼を信じ切れないのは、過去の出来事のせい。

詩織と付き合っていながら、他の女性と明らかに深い関係を持っていたのを知ったとき、酷く傷ついたことがどうしても忘れられないのだ。

(でも、いつまでもうじうじ悩んで、結論を先延ばしにしたら駄目だよね)

あのときは彼と話し合うこともせずに逃げてしまったけれど、同じ失敗はしたくない。

(大雅と話してみよう)

あの夜何があったのか、何を考えていたのか。

お互い正直な気持ちを打ち明けたら理解し合えるのかもしれない。

翌日。詩織は早速大雅に連絡をした。

会って話したいことがあると言うと、彼はすぐにでもと答えてきたので、次の日の仕事後に落ち合うことになった。

予約したのは、会社と自宅の中間にある馴染みの割烹料理店。個室で足を楽に伸ばせる掘り炬燵式の座敷だ。

丁度同じくらいの時間に着いたので、ふたりで相談して注文を決めた。

あまり意識していなかったけれど、彼とは食べ物の好みが近く意見が合う。

ノンアルコールドリンクと、料理が届いたところで詩織は改まって大雅に頭を下げた。

「忙しい中、時間を作ってくれてありがとう」

「詩織から誘ってもらえるとは思ってなかったから驚いたよ。雅ちゃんはご両親に？」

彼はいつもは一緒にいる雅の姿がないことから、込み入った話であると察していたのだろう。少し緊張した表情を浮かべている。

「うん。雅を預かるから大雅と話してきなさいって言われたの。だから今日はゆっくり出来る」

「詩織とゆっくり出来るのは嬉しいけど、どういうことだ？」

怪訝そうな彼に、詩織は先日のやり取りを簡単に伝えた。

旅行の報告から、ふたりの関係を問われたと。

大雅は納得したように頷いた。

「心配される気持ちは分かる。軽い気持ちなら雅ちゃんを巻き込むなと思って当然だ……俺の考えは伝えてくれたのか？」

「はっきりとは言ってない。まだ私の覚悟が出来てなくて」

大雅の顔に失望が浮かび、詩織は慌てて付け足した。

「だから今日ちゃんと話し合いたいと思って会ってもらったの。今まで曖昧にしてきてしまったから。私のせいなんだけど……」

「詩織のせいじゃない。雅ちゃんもいるんだから慎重になって当然だ。それでもこうやって話し合えてよかった」

ほっとした様子の彼とは反対に、詩織は緊張の高まりを感じていた。

核心をつく話題は、勇気がいるものだ。

「それで話というのは……態度で気付いているかもしれないけど、私は大雅のことが好きだと思ってる」

彼が目を瞠る。当然察していると思っていたのだけれど、違ったのだろうか。

「……本当に？」

慎重に聞いてくるところはいつもの自信に溢れた彼らしくないと思ったが、詩織が頷いた途端に、大雅は明るく華やかな笑顔になった。

「ありがとう、嬉しいよ、すごく」

今にも席を立ちテーブルを回り込んでこちらにやってきそうな彼に、詩織は早口で「でも」と言葉を続ける。

「気がかりなことがあるの。前に私たちが別れたときのこと」

「え？」

「大雅は覚えてる？　私がメッセージで別れを送って、それで疎遠になったんだけど」

「当然覚えてる。俺にとって衝撃的な出来事だったから」

大雅の顔から笑顔が消えた。詩織が思っていたよりも彼にとっても苦い思い出だったのだと感じた。

「あのとき、急に別れるって言い出した理由なんだけど、私大雅が女性をマンションに連れ帰るところを見てしまったんだ。それでもう駄目だと思って別れを決心したの」

「え？　……まさか俺の浮気を疑ったから去っていったのか？」

目を見開く大雅に、詩織は動揺した。

彼が虚をつかれたような様子に見えるからだ。

（もしかして他の女性なんていなかったの？）

いやでも、確かに見たのだ。

「……別れのメッセージを送った数日前の夜、予定外に両親が不在になったから大雅に会いに行ったの。突然会いに行って驚かせたくて連絡はしなかった」

思いがけなく彼に会えることになって、詩織は浮かれていたのだ。

「それで大雅が若い女性の肩を抱いてマンションに入っていくところを目撃した。大雅は私に気付かなかったし、私も声をかけることが出来なかった。しばらく待っても出てこなくて、電話をしても繋がらなくて折り返しもなかったから、そういうことなんだと思って」

「俺が女と？　……そうか！」

大雅がはっとしたように声を大きくした。

「思い出した？」

「ああ。詩織が見た通りのことがあった。でも誤解なんだ」

大雅はそう言って溜息を吐く。

「誤解？」

「あのとき連れていたのは妹だ」

「い、妹？」

「そう。妹だ」

大雅は即答する。だけど。

「家族はお父様とお義母様だけだって言ってなかった？」

再会してから何かの拍子に家族の話をしたとき、彼はそう言っていた。

筒香家の本家に住んでいるのは父と後妻。

父と後妻は大雅が高校生の頃に再婚したけれど子供が出来なかった。今はふたり仲良く暮らしているのだと。

だからてっきり彼はひとりっ子なのだと思っていた。

「筒香家としてはね。妹は両親が離婚したときに母について行ったんだ。その後母の再婚相手と養子縁組をして。笹原《ささはら》麻里《まり》という名前になった」

「そうだったの……お母様と妹さんは同居しているの？」

「いや、母は三年前に亡くなっている。妹は社会人になったとき家を出てひとりで暮らしている。継父との関係は今でも良好で定期的に会っているそうだ」

大雅が少し気まずそうな顔をした。

「説明不足だったな。この件だけじゃなくて、俺たちはお互い言葉が足りなかったんだな」

「そうだね。あのときちゃんと聞くべきだった。そしたら私たちは今頃どうなってたのかな」

大雅は答えなかった。彼も分からないのだろう。

お互い離れていた時間があるからこそ、こうやって冷静に向き合えているというのもある。今更考えても仕方ない。

「あの人……妹さんだったんだ。美人だね」

遠目にも分かる美しさは、当時の詩織にとってショックでしかなかったけれど、彼の妹と知った今、すとんと納得出来る。

「あのとき、酷く酔っぱらった麻里から電話が来たんだ。仕事で初めての挫折を経験して自棄になって飲み過ぎたらしい。放っておけずに迎えに行ってあの日は俺の部屋に泊めたんだ」

「だから肩を抱いてたんだ」

女性が大雅にもたれ掛かっているように見えたけれど、今聞いた話からは前後不覚の酔っぱらいで足元がフラフラだったと想像出来る。

「タクシーから降りた時点で腰に力が入らなくて、引き摺るように歩かせたんだけど、まさか詩織が見ているとは思わなかった。家に帰ってからも、あいつは気持ち悪いって言い出して、世話が焼けて大変だったんだ」

きっとお兄さんが迎えに来て安心したのだろう。一緒に暮らした時間は短かったのかもしれないけれど、兄妹仲は良好そうだ。

「麻里さんは何歳なの？」

「俺のひとつ下。あのとき新入社員だった。よくある失敗だけど、それまで挫折知らずだったからプライドがズタズタになったたって言ってたな。でもすぐに立ち直って今も同じ会社で働いているよ」

「しっかりしてるんだね」

「俺にはだらしないところばっか見せるけどな」

大雅が呆れたように呟く。

「心を許してるんだよ」

「兄妹仲が険悪よりはいいが、あの夜に限っては最悪だった。おかげで詩織に誤解を与えてしまったんだから。ごめんな」

　申し訳なさそうに言う大雅に、詩織は首を横に振って答えた。

「大雅は悪くないよ。ちゃんと話し合っていれば解決したことなんだから。傷つくのが怖くて逃げた私が浅はかだった」

「いや、詩織は何度か連絡してくれていた。それなのにすぐに応えなかった俺の落ち度だ。あの頃は仕事に追われていて全く余裕がなかったんだ。詩織への返事は後でいいと思ってしまった。なぜ忙しいのか事情の説明もしていないくせに、詩織が許してくれるだろうと甘えていたんだ」

「そうだったんだ……私こそごめんなさい。仕事のことなんて気にもせずに突然押し掛けたりして」

　社会人の彼の都合など考えもせずにサプライズだと浮かれていた自分が恥ずかしい。

「本当に詩織が気に病む必要はないから」

「ううん、甘えてたのは一緒だよ。思い出すと大雅に送ったメッセージには具体的な内容を書いてなかったでしょう？」

　折り返しの連絡を請うものだったはず。大雅だって緊急事態とは感じなかっただろう。

「……ごめん、別れのメッセージ以外の内容ははっきり覚えていないんだ」

「印象的なものじゃなかったからでしょ？　あの日は大雅にとってはありふれた一日だった。それなのに、妹さんとのことを思い出してくれてよかった」

詩織がそう言うと、大雅は自嘲した。

「それは必死に思い出した。俺にとって忘れられない日になったな」

「私はずっと忘れられなかった。大雅に振られたような気持ちだったもの」

「その誤解は今解けた。すれ違いは終わったと思っていいか？」

彼に真摯な問いに、詩織はゆっくりと頷いた。

「本当に私でいいの？」

「何度もそう言ってる。そっちに行ってもいいか？」

そう言いながらも、気が急いているのか大雅は詩織の返事を待たずに腰を上げる。

テーブルを回り詩織のすぐ隣に来たから、ふたりの距離はとても近くて、詩織は小さく息を呑んだ。

彼の綺麗で強さを感じる眼差しが詩織を捉えている。

「自信がないような言い方をするのは、俺のせいか？　まだ言葉が足りない？」

まるで今まで存在していた壁が消え去ったように、大雅は躊躇いなく詩織に迫る。

ドクンドクンと詩織の鼓動が速くなっていく。

「そうじゃない。大雅ははっきり言ってくれてるよ。私自身の問題なの」

「雅ちゃんのことが気になる?」

思わず体がびくりと震えた。

(雅のことを話さなくちゃ。本当はあなたの子なんだって)

今までで一番勇気がいる発言に、なかなか言い出せない。

「前も言ったけど、俺は雅ちゃんも受け入れる覚悟でいるよ。うちの家族のことなら詩織は心配しなくていい。俺がちゃんと説得するから。雅ちゃんは好奇心旺盛でお母さん想いの優しい子だからきっと分かってくれる」

「大雅……」

沢山言いたいことはあるけれど、胸が詰まって上手く話せなくなった。

彼の声があまりに優しいし、雅を受け入れてくれることが嬉しかったのだ。

感極まっている詩織の背中に大雅の腕が回る。

そっと抱き寄せられて、お互いの間に隙間がないほどぴったりとくっついた。

彼が幸せそうに目を細める。

美しい微笑みに見惚れているうちに、吐息を感じる程近づいていた。

詩織が目を閉じると唇が優しく触れ合う。

胸が高鳴り、心は彼への愛情がますます大きく膨らんでいった。

初めは様子を窺うような遠慮がちだったキスが、段々性急で激しいものに変わり、詩織はついて行くので精一杯だ。

思考は霞がかり、彼と触れ合うこと以外考えられなくなる。

息が苦しくなるほど深いキスに翻弄されて、彼が離れていったときは全身から力が抜けていた。

そんな詩織を見て、大雅が幸せそうに微笑む。

「好きだよ、詩織」

「あ……私も大雅が好き」

ストレートでシンプルな告白は特に胸に響くみたいだ。

気恥ずかしさと幸福感で、顔が紅潮しているのが分かる。

「今も昔も詩織は俺にとってかけがえのない人だ」

「……本当？」

「ああ。もう一度会いたい、触れたいと、苦しくなるくらい願ってた」

そう言いながら、大雅は詩織を胸に引き寄せて閉じ込めた。彼は感極まったように囁く。

「こうして俺の腕の中に詩織がいるなんて夢みたいだよ」

すっぽりと彼に包まれると、安心感がこみ上げる。

（私、すごく幸せ）

気持ちに蓋をしていただけで、再会したときから彼に惹かれていたのだ。いや、別れてからもずっと好きだった。

「昔の私は馬鹿だったな。少しの勇気も出せなくて現実から逃げ出して、大切な人を失ったんだもの」

「それを言ったら俺だって、諦めのいいふりをして自分自身を誤魔化してた。でも当時はそれが間違いだって気付けなかったんだよな。こうして歩み寄れたのは離れていた時間があったからなんじゃないか？」

「そう思っていいのかな？」

「ああ、きっと」

大雅が再び唇を寄せてくる。甘い瞬間の期待に詩織の胸は高鳴った。

「そろそろスタッフが来るな」

大雅はそう言って、元々座っていた席に戻った。

どこか名残惜しそうな様子は詩織と一緒だ。

(まだ彼に抱きしめられた感覚が残ってる)

強いけれど優しい腕。安心感を覚える温もり。誰かに抱きしめてもらうのはこんなに心が満たされることだったのだと思い出した。

(雅は私が抱っこする立場だし)

それでも彼女は詩織の心の支えだった。

辛いときも悲しいときも、いつだって側にいてくれた大切な娘。

「大雅……私まだ話していないことがあるの」

大雅が僅かに首を傾げる。

「雅のこと。前に父親は分からないって言ったのを覚えてる?」

「ああ、もちろん」

「あれは嘘なの」

この台詞は二度目になる。

偽ってばかりの詩織のせいで、幸せそうな彼の表情を曇らせてしまうかもしれないと思うと、辛かった。

けれど大雅は詩織の予想に反して、動揺を見せなかった。

「そうだろうな」

「え……どういう意味？」

彼は初めから嘘を見抜いていたというのだろうか。

「ずっとあり得ないと思ってた。詩織は知らない相手といい加減な付き合いをするような女じゃない」

「それじゃあ……」

「何か事情があって別れて、戻ることも出来ないんだろう？　相手の男のことが気にならないと言ったら嘘になるが、無理に聞く気はない。詩織が話せるときになったらでいいから」

「ち、違うの！」

詩織は動揺しながら大雅の言葉を止めた。

（大雅はずっとそんな風に思ってたの？）

そう仕向けたのは詩織なのだが、今思うとなんて酷い言い訳をしていたのだろう。

「大雅聞いて。雅の父親は……」

あなたなのだと告白しようとしたとき、個室にスマートフォンの着信音が大きく響いた。詩織のものだ。

「あ、ごめんなさい、マナーモードにしておくの忘れてた」

詩織は慌ててバッグからスマートフォンを取り出した。

画面を見て眉をひそめる。

「家からだわ」

詩織が大雅と会っていることを両親は知っているから、かけてこないと思っていたのだけれど。

「急用かも。出てもいい？」

大雅の了解を得てから応答する。

「はい」

すぐに母の声が聞こえてきた。

「詩織、話し合いの途中にごめんなさいね。でも雅ちゃんが熱を出しちゃったから知らせた方がいいかと思って」

「えっ！　雅が？　熱は高いの？」

「ええ。救急外来に行くほどではないと思うけど、ママって呼びながら泣いてるのよ」

高熱に苦しんで泣いている娘の姿が浮かび、ずきんと胸が痛んだ。

「すぐに帰るから！」

電話を終えて大雅の方を向く。

彼は聞こえた会話で内容を察したのか、上着を着て帰る準備を始めていた。

「雅ちゃんの具合が悪いんだろ？　車で送る」

「ありがとう」

コートとバッグを摑み立ち上がる。一刻も早く帰りたくて気持ちが急いている。

大雅は素早く会計を済ませ、駐車場に停めてある車に詩織を連れて行った。

店から詩織の自宅まではそれほど距離が離れていないため、十五分ほどで到着した。

「大雅、今日は本当にありがとう。話の途中で帰ることになってしまってごめんなさい」

「気にするな。続きはまた時間を作ろう。今日は話し合えてよかったよ」

「うん」

大雅は労わるように詩織の頭に触れる。

「落ち着いたら連絡してくれるか？　俺も雅ちゃんの様子が気になるから」

「分かった。遅い時間になったらメッセージを送るね」

ごく僅かの時間見つめ合い、名残惜しさで辛くならない内に車から降りる。

大雅に見送られる形で門を開けて中に入った。


雅は一階の和室にいるようだった。

静かに襖を開くと、布団で眠る雅と傍らで正座をしている母の姿があった。

母が詩織に気付き振り返る。

ただいま、と呟き部屋の中に入った。

「お帰り。早かったのね」

母も小声で返す。

「家の前まで送ってもらったから。雅の様子は？」

「ぐずってたんだけど、少し前に眠ったわ」

「ほっぺが赤いね」

そっと触れてみるとかなり熱い。

夜間診療を行っている病院に連れて行くか悩んでいると、雅の目がぱちりと開いた。

真ん丸の目が詩織を見つけると、たちまち満面の笑みになる。

「ママ」

「ごめんね、起こしちゃったね」

「おかえり」

雅が起きようとしたので止めたが、言うことを聞かない。

抱っことばかりに詩織にくっつこうとする。

熱を出して赤い顔をしているけれど、ぐったりというほどではない。病院は朝になってからでいいだろう。

「さっき泣いてたのは、ママがいなくて悲しかったのね」

母もほっとしたようにそう言った。

「お母さんありがとう。後は大丈夫だから」

「そう？　じゃあお風呂入ってくるわ」

「ばあば、おやすみ」

雅はご機嫌に部屋から出ていく母を見送る。

「雅、お布団で寝ようね」

再び布団に寝かせようとしたが、雅は嫌がる。詩織の膝に乗ったままじっと見つめて来た。

「ママ、ここにいる？」

「うん。どこにも行かないから安心して」

「よかった」

雅はとっても嬉しそうだ。きっと夕飯時に詩織がいなかったから寂しかったのだろう。まだ母親が常についていないと駄目なのだ。

（明日は休んで病院に連れて行こう）

また突然休みを取ることに躊躇いはあるが、一緒にいてあげたい。

「お熱があるから、ちゃんと寝てね。明日病院に行こうね」

雅の頬がぷくっと膨らむ。

「おくすり、やだー」

「大丈夫、多分甘いお薬だよ」

「ほんと？」

「うん」

よしよしと頭を撫でてから、額の小さな冷却シートを交換してあげる。

雅はこれが苦手だったが、最近になってようやく慣れてきたようだ。

「つめたい」

「冷たいからお熱を吸い取ってくれるんだよ」

「そうなんだー」

「さ、雅はそろそろ寝ようね。先にジュース飲もうか」

母が用意してくれていたリンゴジュースを膝の上で少し飲ませてから、布団に横たえた。

当分寝ないかなと思っていたが、五分もしない内にうとうとし始めて瞼を閉じた。すーすーと小さな寝息が聞こえる。特に苦しそうな感じではないので安心した。

(そうだ。大雅に連絡しよう)

時刻は夜の九時を回ったところ。遅過ぎるという訳ではないけど、この場で会話をしたら雅が起きてしまいそうなので、メッセージにする。

【今日はありがとう。雅は大丈夫でした。明日仕事を休んで病院に連れて行く予定】

少し迷ってからそんな風に送った。

今の関係を思うと敬語では素っ気ないし、かといっていきなり馴れ馴れしいのも性格的に難しい。

(前はどんな風にやり取りしてたんだっけ)

気持ちがあっても蟠りが消えて自然に振る舞えるようになるまでには、時間がかかりそうだ。

（雅のことも早く打ち明けなくちゃ）

緊急事態だったから大雅は追及してこなかったけれど、絶対に気になっているはず。

大雅からすぐに返信のメッセージが届いた。

【連絡ありがとう、安心したよ。よかったら病院に連れて行こうか？　明日は午前中ならスケジュールの調整が出来る】

温かな気遣いが伝わってくるメッセージ。詩織はすぐに返信した。

【気にしてくれてありがとう。でも大丈夫。かかりつけの病院までは歩いてもそれほどかからないから。診察が終わったら連絡するね】

彼はさらりとスケジュール調整と言っているけれど、実際には大変なことだと想像がつく。

だから気持ちだけ受け取った。

【分かった。でも何かあったらすぐに言ってほしい】

またすぐに帰ってきたメッセージにお礼をして、やり取りを終了した。

雅は穏やかな表情で眠っている。詩織の心も同じように安らかだった。

（支えてくれる人がいるのって、こんなに気持ちが楽になるんだな）

これまでだって両親の手を借りてきたし、理久を始めとした親類によくしてもらっていた。

それでも両親の都合もあるから、いつだって頼れる訳ではない。

雅のことは詩織が全て責任を持たなくてはならないという重圧も常に感じている。

そんな中寄り添ってくれる大雅に、感謝の気持ちがこみ上げる。

（きっと、上手くいくよね）

まだまだ問題はあるものの、とても前向きになっていた。


翌朝、雅の熱は下がっていたが念のために病院に連れて行った。

少し喉が腫れているが心配はいらないという診断で、三日分の薬を貰った。

帰りは寄り道をせずに真っすぐ自宅に向かう。

雅は機嫌が良さそうだ。

「元気になってよかったね」

手を繋いで歩きながら詩織が声をかけると、「うん」と明るい声が返ってくる。

「ママ、アイスたべたい」

「分かった。途中のお店で買おうね」

「やったー」

「お昼ご飯はオムライスにしようか」

彼女は詩織が作るオムライスが大好きだ。細かく切ったジャガイモとウインナーを入れただけの簡単なものだけれど喜んで食べる。

「わーい。みや、ママのオムライスだいすき」

今もスキップを始めそうな勢いだ。

「ご飯の後はおくすりを飲もうね」

「えー」

雅がこの世の終わりのような声を上げる。あからさまなその態度が面白くて、詩織は声を上げて笑った。

すると雅も釣られたようにニコニコ笑った。

「ママ、たのしいね」

「そうだね」

繋いだ手を振りながら歩く。小さな幸せを感じる時間だ。

雅の体調がぶり返すことはなかったので、翌日からは通常通りに出社した。

同僚たちの目が冷たい気はしたけれど、仕方がないと割り切って仕事に取り組む。

一日休んだだけで問い合わせのメールが山のように来ていて、三日ほど昼休憩の時間を潰して処理をした。

そしてその次の日。詩織は十二時を回るとすぐ席を立ちオフィスを出た。

昨日大雅から連絡があり、妹と会ってくれないかと打診されたのだ。

『詩織が誤解していた相手が妹だと証明したい』

そう言われ誤解してしまった申し訳なさと、気遣い誠実に対応してくれることへの嬉しさを感じた。もちろん了承してランチを一緒にすることになったのだ。

場所は以前と同じ創作料理を扱うレストランの個室。

とても緊張するけれど、彼の家族と会えるのは楽しみだった。

店に着きスタッフに個室に案内してもらう。

大雅と彼の妹は既に到着していた。テーブルを挟んで着席して楽しそうに会話をしていたが、詩織に気付くと会話を止めた。

大雅の視線からは好意を感じたが、彼の妹がどう感じているのかは分からない。

「お待たせしました」

「大丈夫、俺たちも少し前に着いたところだ」

大雅に相槌を打ち、スタッフが引いてくれた大雅の隣の椅子に座る。

体勢を整え前を向いた瞬間、こちらをじっと見ていた彼の妹と目が合い、どきりとした。

昔遠目で美人だと感じたが、間近で見るとそれ以上だった。

大雅と同じようなアーモンド型の大きな目。かなり明るい茶色の虹彩が印象的なとびきりの美人だ。

(雅もかなり可愛いし、大雅の家系は美形なんだわ)

しかも、正統派の美形のせいか迫力のようなものまで感じる。

この場に自分がいると浮いてしまうんじゃないだろうか。

などと考えていると、大雅の声が耳に届いた。

「詩織、妹の麻里だ。麻里、彼女が小桜詩織さん」

「はじめまして。笹原麻里です。お会い出来て嬉しいです」

少し近寄りがたいと思った第一印象と裏腹に、麻里は気さくに話しかけてきた。

ほっとして詩織も笑顔で返す。

「こちらこそ、お会い出来て光栄です」

「詩織さんは、私と兄の苗字が違う事情は聞いてますか？」

「はい。お母様が再婚されたと」

「その通りです。でも兄はもちろん、筒香の父とも定期的に連絡を取り合っていて、関係は良好なんですよ。詩織さんも仲良くしてくださいね」

「はい、是非」

麻里はなかなか社交的な性格のようだ。自然に詩織との距離を縮めてくるが、押し付けがましさはなく、感じがいい。

社交辞令ではなく、本当に親しくなれたらいいのにと知り合って間もないのに感じていた。

食事をとりつつ、三人で穏やかな会話を楽しむ。

詩織の知らない幼い頃の大雅の話や、彼女が先月旅した海外での出来事など、詩織にとって興味深い話であっという間に時間が過ぎていく。

食後のコーヒーを飲みながら、そろそろ会社に戻らないといけないと残念に思っていると、詩織とばかり会話をしていた麻里が大雅に話しかけた。

「詩織さんのこと、お父さんには話したの？」

「いや、まだだ」

大雅の返事に、麻里は呆れた顔をした。

「早く言った方がいいんじゃない？　どうしてのんびりしているの？」

「事情があるんだよ。時期を見て話すからお前は心配するな」

「そんな悠長なこと言ってないで今夜にでも話したら？　そうじゃないと……」

麻里はせっかちなタイプなのだろうか。随分と急かしている。

「分かってるから」

大雅は少し苛立ったように、麻里の発言を遮る。しかし彼女は怯まなかった。

「彼女だったらお父さんも納得するはずよ」

「ああ」

念を押すような言葉だが、大雅は今度は反論せずに頷いた。

自分のことに関して話していると分かっているものの、口出しするのも憚られ詩織は黙ってふたりのやり取りを見守っていたけれど、内容的にかなり気になっていた。

（麻里さんが急いでいるのは、何か理由があるのかな？）

初めは何でもさっさと済ませたい性分なのかと思ったが、兄妹の間に流れる空気がなんとなく重く感じた。まるで心配事でもあるように。

（私が相手だと紹介し辛い気持ちは分かるけど）

考え込んでいると大雅が詩織の方に目を向けた。

「詩織、そろそろ時間だろ？　会社まで送る。車を取りに行ってくるから少し待っていて」

大雅はそう言い個室を出て行く。このレストランには駐車場がないため、近くのコインパーキングに停めてあるのだろう。

レストランからオフィスまでは徒歩十分ほどだが、外は炎天下。送ってもらえるのはありがたい。

「詩織さんには優しいんですね」

麻里は大雅が出て行った扉を眺めながら言った。

「はい、よくしてもらっています」

「仲がよさそうでよかった。実は急に紹介したい人がいるって言われてちょっと困惑してたんです」

「そうなんですか？」

麻里は「ええ」と相槌を打つ。

「今までそういったことは一度もなかったから。突然何？　って驚いてしまって。でも、こうして会って納得しました。兄は詩織さんに本気ですね」

にこりと微笑んで言われて、気恥ずかしくなった。

「そうだといいのですが」

「間違いないから安心して」

彼の妹にそう言われるのはかなり嬉しい。ただふと先ほどの会話を思い出した。

「あの、さっきお父様に早く話した方がいいと仰ってましたけど、急ぐ理由があるんですか？」

麻里の表情が少し曇ったので、よくない話だと予想がつく。

「筒香の父が兄の縁談を考えているみたいなの」

「え？」

動揺が顔に出てしまったのか、麻里は慌てた様子で付け加える。

「具体的な話が進んでる訳じゃないから心配しないでね。ただ兄の年齢的にそういった話が増えていくだろうから、早めに詩織さんを紹介した方がいいでしょう？」

「はい」

「機会を窺ってなんてやってると、思いがけないトラブルが起きる可能性があるもの。私は何事もすぐに行動するべきだと思うんだけど」

麻里はそう言うけれど、詩織は憂鬱な気持ちに陥った。

（話が進んでないってことはない気がする）

大雅の父がどんな人か直接は知らないけれど、大企業の代表が思いつきで発言するとは思えない。

ある程度相手を考えているような気がする。

「詩織さん、そろそろ兄が来るだろうし、出ておきましょう」

「はい」

麻里に促され店を出る。丁度よいタイミングで大雅の車が到着した。

まずはオフィスに向かい詩織を下ろし、その後麻里を近くの駅まで送り、その後大雅は仕入先を一件回ってから会社に戻るそうだ。

麻里から聞いた話が気がかりだったが話せる状況ではない。

お礼を言って車を降り、重い足取りでオフィスに戻った。

その日の夜、帰宅した父から話があると言われ、雅を寝かしつけてから、リビングに向かった。

父の浮かない表情を見て、なんとなく良くない話だろうと予想した。

「お父さん、話って？」

「お前、筒香さんとはどうなっているんだ？」

「この前、ちゃんと話したんだけど、先のこともしっかり考えてくれているみたいだった。旅行も予定通り行くつもりだよ」

父は更に表情を曇らせた。

「どうしたの？　問題がある？」

「我が家にとってよくない話を聞いた」

「よくない話？」

「筒香さんに、縁談があるそうだ」

詩織は小さく息を呑んだ。同時に昼間、麻里も同じようなことを言っていたのを思い出す。

「相手も決まってるの？」

「ああ。緑川産業《みどりかわさんぎょう》の令嬢だ」

「え？　うちと同業じゃない」

縁談が予想以上に進んでおり相手が決まっていること。その相手は小桜食品と同業なうえに規模は向こうが上だ。

（どうしよう……）

大雅が縁談を断ったとしても、彼の家族は詩織を受け入れてはくれないのではないだろうか。

緑川家に比べて結婚のメリットが少ない小桜家の娘で、更には子持ちなのだから。親としては反対したくなる条件が揃っている。

「事実なら、うちもやり辛くなる」

詩織もだけれど、父も憂鬱そうな表情だ。

「仕事に影響が出そうなの？」

「そうだな。ワインの契約の方はそのままだろうが、その他の取引については、緑川産業に段階的に流れていくかもしれないな」

「そう……あの、私彼に聞いてみるから。何か分かったら伝えるよ」

「ああ。こんな話はしたが会社の方は気にしなくていい。しっかり話し合ってどうするか決めなさい」

「はい」

父はかなり心配している様子だった。それだけ摑んだ情報に信憑性があるのだろう。

「はあ……」

階段をのぼりながら溜息を吐く。

大雅の縁談という事実だけでもかなりショックだ。

けれど詩織が滅入っているのは、相手が顔見知りの女性だからというのが大きい。

彼がお見合いをしている姿がリアルに想像出来てしまう。

〝緑川美里《みさと》〟は大企業緑川産業の社長令嬢で、詩織と同じ高校の卒業生だ。

高校卒業後は付属の女子大に進学せずに、高偏差値の名門大学に入学した。

その後は留学したとか、ミスコンに選ばれたとか噂を聞くことはあったが、元々親しい間柄ではないので、本人と顔を合わす機会は一度もなかった。

(今の彼女はどんな感じなのかな)

大人になって更に美しく、魅力的になったのだろうか。大雅の隣にいても遜色ないような。

詩織は彼女と比べると劣っている部分が多い。

(……やめよう)

考えても何も改善しない。それどころか気分が沈んでいくばかりだ。

くよくよ悩んでも、何も解決しないのだから。

部屋に戻り眠っている雅を確認した。暑くなってしまったのか布団を蹴りお腹を出しくうくう寝ている。

夏掛けをかけ直してから隣の部屋に移動した。

いろいろと考えることがあるせいか、今夜はなかなか眠れなさそうだ。

（大雅に聞いてみようかな）

迷いながらスマートフォンを手に取る。

大事な話をするときは顔を見て直接がいい。でもすぐに会えないのだから、このモヤモヤしている気持ちを引き摺るくらいなら、今はっきり聞いてしまった方がいいのかも。

大雅の連絡先を表示しようとしたそのタイミングで、画面が変わり着信を告げた。けれど彼からの電話ではなく、〝内藤絵麻〟の名前が表示されている。

彼女とは古くからの友人で、学生時代の多くを一緒に過ごした。

大雅と出会ったとき一緒だったのも絵麻だ。

詩織が出産してから会う機会が減ったものの、連絡は定期的に取り合っている。

「はい」

「詩織、今話せる？」

詩織が応答するとすぐに溌剌とした声が返ってくる。

「大丈夫だよ。久しぶりだね」

「一カ月ぶりかな？　雅ちゃんは元気にしてる？」

「うん。絵麻が最後に雅と会ったのは半年くらい前だよね。かなり大きくなったよ。言葉も流暢になってきたし」

「子供の成長は早いね～」

絵麻はしみじみと言う。

「絵麻は最近どう？」

「とにかく忙しくて寝る暇もない感じでぼろぼろ。でもあと少しでオープンだから、それまでは気力で頑張るわ」

「あ、そういえばもう来週なんだね」

絵麻は大学卒業後、総合商社のエネルギー部門で勤務していたが、昨年急に退職して自営業を始めると言い出した。

そのための準備を素晴らしい行動力で進めて、来週インテリア雑貨のセレクトショップをオープンする。

店舗の選定や、資金の調達、法律的な確認など全てひとりでこなしており、傍から見て本当に大変そうだった。

「そう。それなのに予想外のトラブルが起きたり、注文していたものの納期遅れが発生したりで大変よ」

「そうなんだ。でも声の感じは楽しそうだけど」

「大変だけど楽しいからね。詩織は開業パーティー来られそう？」

「うん、そんなに遅くまではいられないけど行くよ」

来週の絵麻のお店のオープンにあたり、開業祝いのパーティーを開く。

もう大分前から決まっていた予定で、雅のことは母にお願いしてあるので大丈夫だ。

「宣伝効果を期待して、招待状はかなり多くの人に送ったの。顔見知りが多いと思うよ」

「高校、大学のときの友達も呼んでるの？」

「もちろん、そこは外せないからね」

詩織と絵麻の母校の卒業生は、それなりの地位についている者が多いし、実家関係の人脈も広い。

絵麻の言う通り、かなり宣伝効果が高いだろう。

「詩織の友達も来るかもね」

「そうなんだ。絵麻以外とは疎遠になっちゃってるから緊張するな」

妊娠が発覚してすぐにつわりで体調が悪くなったため、慌ただしく大学を中退した。

連絡をくれる友人は何人かいたが、誘いを断ってばかりいたら、いつの間にか声がかからなくなってしまって、今となっては気楽に話せる友人は絵麻だけだ。

寂しく思いながらも余裕がなかったし、シングルマザーになった経緯を根掘り葉掘り聞かれるのが怖くて、自分からも連絡をしないまま何年も経ってしまった。

「そんなに意識しなくて大丈夫だって。ときどき詩織の話題になるけど、みんな心配してるもの。この機会に交流再開するといいよ、詩織にだって気分転換は必要なんだからね」

「そうだね、ありがとう」

「そうだ。電話したのはね、可愛い小箱を手に入れたから雅ちゃんが好きそうだと思って、プレゼントしようと思ったの。緑系と青系だったらどっちがいい？」

「そうなの？」

雅はなぜか箱が好きで集めている。好むのは小さめで綺麗に装飾されているもの。恐らく宝石箱をイメージしているのだと思う。

以前、絵麻にそのことを話したので、覚えていたのだろう。

「ありがとうね。色は緑がいいかな」

「了解。パーティーのとき渡すわ」

もう一度お礼を言って通話を終えた。

絵麻と話したことで気持ちがまぎれたのか、胸の中の重苦しさは大分和らいでいた。

(やっぱり大雅とは会ったときに話そう)

もう二度と誤解や思い込みで間違いたくないから。


翌日、昼の休憩時間に大雅に電話をした。

『はい』

短い呼び出し音ですぐ出てくれる。最近気付いたけれど、詩織の昼休憩時間の十二時から一時の間は、着信を意識してくれているようで待たずに繋がる確率が高い。

『大雅、今少し話せる?』

『ああ。どうしたんだ?』

「昨日はありがとうね。麻里さんと会えてよかった」

『思ったより打ち解けてるみたいで安心したよ』

大雅の声がますます優しくなる。

「麻里さんにもお礼を伝えてね」

『分かった。麻里も喜ぶよ』

「あとね、近い内に会えないかな？　込み入った話をしたいから、落ち着いたところがいいんだけど」

『そうだな……来週の金曜日はどうだ？　本当はもっと早く会いたいんだけど、週前半は出張が入ってるんだ』

詩織は頭の中でスケジュールを確認し、眉を下げた。

「ごめんなさい、来週の金曜日は出かける予定があって、少し遅くなりそうなの」

『遅く？　その日に何かあるのか？』

彼が意外そうに聞いてくる。

「友人がインテリア関係のお店を新規オープンするんだけど、その開業パーティーに行く予定なの。前から約束しているし、お祝いしたくて」

『インテリアショップか……内輪の集まりなのか？』

「ううん、宣伝したいからあちこち声をかけて招待状を送ったって言ってたけど」

『だったら俺も同行したい。詩織がよかったらだけど』

大雅の申し出は予想外だった。

「もちろんいいけど、でもどうして？」

『詩織に会いたいのが大きいけど、インテリア関係にも仕事柄興味があるんだ』

「そうなんだ。私は一緒に行けたら嬉しいけど」

人脈を広げたがっている絵麻も、筒宮ホールディングスの御曹司が顔を出すと言ったら喜びそうだ。

『よかった。話はどうする？　その後にするか？』

「うん。私はそうしたい」

『分かった』

大雅との電話を切ってすぐに絵麻に連絡をして、最近親しくしている知人を連れて行くと伝えた。

話し合いが終わるまでは大雅との関係は伏せていたくて詳しい関係は話さなかったけれど、予想通り是非と前向きな返事が来たので、大雅に時間と場所をメッセージで送る。

（今度こそ全てちゃんと打ち明けよう）

そして不安なことも正直に伝え、しっかり話し合いたい。

開業パーティーは午後七時から。遅れても問題ないとのことだったが、詩織たちは時間丁度に店に着くように待ち合わせをした。

詩織が六時四十分に駅の改札に到着したとき、大雅は既に来ており、ひとり佇んでいた。

(相変わらず目立ってるな)

正統派美形の顔立ち。すらりとしたスタイル。上品なグレーのスーツ姿は爽やかで、夏の暑さを感じさせない。

行きかう人々の視線にも動じず素知らぬ顔をしていた大雅が、詩織に気付き笑顔になった。

待ちきれないとでも言うように、改札を出たばかりの詩織の元に足早に近づいてくる。

そんな彼の態度が嬉しくないはずがなく、詩織も気付けば笑顔になっていた。

「ごめんね、待った?」

「詩織は時間通りだ。俺が早く来ただけ」

大雅にそっと腰のあたりを押されるような形で歩きだす。

「そういえば、待ち合わせをすると必ず私が遅れちゃってるね。今度からもう少し余裕を持って来るようにするから」

「だったら俺はもっと早く来るだけだ。詩織を待たせたくないからな」

「私だって待たせたくないけど」

大雅は困ったように詩織を見下ろした。

「気遣いは嬉しいけど、詩織がひとりで待っていて何かあったら嫌だから」

「え……そんな理由で早く来てるの？」

過保護過ぎじゃないだろうか。

「俺にとっては重要な理由だ。本当は迎えに行きたいくらいなんだからな」

大雅が詩織の肩を抱き寄せてきた。

彼の言葉、態度。全てが詩織に対する愛情に溢れている。

（私なんて大雅に比べたら全然目立たないし、心配する必要はないのに）

そう思う一方で嬉しい気持ちを抑えられなかった。

好きな相手に大切にされていると実感するのは、心が温かく幸せな気持ちになる。

寄り添うように歩んでいると、突然肩を抱く大雅の腕にぐっと力が入り、彼の体の方に引き寄せられた。

その直後、早歩きの男性が詩織の隣を通過した。

（今の勢いだとぶつかったら痛かっただろうな）

大雅のおかげで無事だったけれど。

ああ、守られているのだと心強い気持ちになった。

パーティーの後は深刻な話をするため、朝から緊張感を覚えていた。

でも今は、もうしばらくこの幸福感に浸っていたかった。


絵麻の店までは、駅から徒歩十五分と少々距離を感じたものの、周辺は整備された美観の良い環境だった。彼女の店舗自体もお洒落で目を引く。

通りがかりにふと入ってみたくなるような魅力を感じた。

店舗内部はそれほど広さはないが、インテリア関係の店だけあって内装などが凝っている。絵麻は部屋の中央で招待客の接待をしていた。

詩織の友人の姿はないものの、見覚えのある人を何人か見かけた。恐らく同じ高校の卒業生だろう。

大雅と共に絵麻に近づき、声をかける。

「絵麻、オープンおめでとう。すごく素敵なお店だね」

「詩織、来てくれてありがとう。ようやくこの日を迎えられてほっとしてる」

「今日のために頑張ってきたんだものね」

絵麻は上機嫌で「我ながら頑張ったわ」と言い、詩織の隣に大雅に視線を移した。

「はじめまして筒香です。本日は急な参加を許可していただきありがとうございます」

大雅が流暢に挨拶をすると、絵麻が嬉しそうに目を細めた。

「内藤絵麻です。こちらこそ詩織から筒香さんが来てくださると聞いて喜んでいたんですよ。本当にありがとうございます。あちらの展示棚にサンプルもありますので、是非ご覧になってくださいね。お気に召すものがあればいいのですが」

絵麻は大雅を上客になると見込んだのか、積極的に自社商品を勧め始める。

「こちらに来る途中に気になっていたんですよ。後ほどゆっくり拝見します」

「筒香さんの会社のレストランのイメージに合いそうな小物もあるんです……」

ふたりのやり取りは初対面の相手のものだった。

大雅と出会ったとき、絵麻も同席していたから正確に言えばふたりは初対面ではない。大雅も絵麻も目立つタイプだから気付くかなと思っていたが、どちらも全く思い出す様子がなかった。

（まあ、四年前に数時間一緒だっただけだものね）

飲んでいる間も、絵麻はあまり大雅と話していなかったし、記憶から消えていても無理はない。

昔大雅と付き合っていた頃も、絵麻に出会ってすぐの相手と寝たとは言い辛くて、なかなか打ち明けられずにいた。その後別れてしまったので、話さないまま終わったのだ。

他にも絵麻と話したそうな客が何人かいたので、大雅と共に商品のサンプルを見に行くことにした。

先ほどの発言は社交辞令かなと思っていたのだが、大雅は意外にも真剣に商品を見て、うちの店に合うかもしれないな、などと呟いている。

「気に入るのがあったんだね」

「ああ。これらは海外から直接仕入れているんだよな。センスがいいな。彼女はどういった友人なんだ？」

「幼馴染なの。大学までずっと一緒でね。実は大雅と会ったことがあるんだよ」

「……え？」

大雅は唖然とした顔になる。

「そうだったか？　悪い全く覚えていなかった。内藤さんに失礼な態度を取ってしまったな」

「大丈夫。絵麻も同じように初対面だと思ってるから」

「そうなのか？　お互い記憶がないのか……どこで会っていたんだ？」

「私と大雅が初めて会ったとき一緒にいた友達が絵麻なの」

大雅がはっとした顔になる。

「ああ……そう言われたら分かる」

「絵麻には大雅と付き合っていたことを話してないの。だからあのときのことを覚えてないかもしれない」

ふたりで話し込んでいるのと、入口の方が騒がしくなった。

「誰が来たのかな？」

目を向けると、女性がひとりやって来た様子だった。

顔が広い人物のようで、何人もの人が彼女に声をかけている。

一七〇センチはありそうな、すらりとした長身。艶やかな黒髪が軽やかに背中で揺れていた。

詩織が着ると地味になってしまいそうなシンプルな黒のワンピースを、自らの美しさで華やかに着こなしている。まるでファッションモデルのようだ。

人気がありそうなのも頷ける。

なんとなく眺めていると、不意に彼女がこちらを向いた。

(あれ？　あの女性に見覚えがあるような)

どこかで会ったことがあるのだろうか。

考えている内に女性の顔が険しくなっていった。

不機嫌さを隠さない、お祝いのパーティーに相応しいとは思えないその表情に戸惑いを覚える。

(どうして怒っているのかは分からないけど)

「大雅、私たち、そろそろ失礼しようか」

なんとなく嫌な予感を覚え、小声で彼に告げる。そのとき初めて大雅の顔色もよくないことに気が付いた。

「どうしたの？」

彼は詩織の声ではっとしたように眉間のシワを消して、「何でもない」と微笑んだ。

けれどその笑みが無理をしているように見えて、違和感を覚える。

「……お客様も増えてきたし、今夜はもう絵麻と話せなさそう」

「そうだな。場所を変えようか」

「うん」

この後は話し合いのために、彼の部屋に行くことになっている。

気持ちを切り替えなくてはと思ったそのとき、詩織たちの会話に割り込むように声がかかった。

「大雅さん」

女性にしては低めの落ち着いた声の主は先ほどの女性だった。

彼女は集まってきていた知人たちから離れて、ひとりで来たようだ。

（彼女、大雅の知り合いだったの？）

大雅の交友関係は広いだろうから不思議はないけれど、なぜか胸がざわざわする。

「お久しぶりです。まさかここで大雅さんに会えるとは思っていなかったから驚いたわ」

女性は先ほどとは打って変わった笑顔だった。

しかも口調は親しさを感じるもの。漠然とした不安が過り大雅の顔を見る。

けれど彼は無表情で感情が読めなかった。大雅が女性を見つめながら口を開く。

「緑川さん、ご無沙汰しています」

詩織は目を見開いた。

（緑川？　……思い出した彼女だわ）

父から聞いた大雅の婚約者候補と言われている女性。

見覚えがあると思ったのは、高校時代の面影があるからだ。

彼女が学生の頃より格段に洗練され美しくなっていたから、気付けなかったけれど。

近くで見るとますます迫力のある美人で、恐らく仕事でも成功しているのだろう。

自信に溢れた態度が物語っている。

(元々上品な人だったけど、磨かれて完璧になった感じがする。努力したんだろうな。でもこんなところで会いたくなかった)

大雅と彼女はお互い面識があるようだけれど、それは顔合わせをしたからなのだろうか。

「筒香さんは内藤さんと面識があったのね。知りませんでした」

「面識はなかったのですが、先ほど彼女を介して挨拶をしました」

大雅の発言で、詩織に視線が集まった。

彼はいつも通り優しい眼差しだが、緑川美里の方は怪訝そうだ。

「……彼女は大雅さんの友人かしら」

美里の声は剣のあるものだった。詩織が同じ高校だと気付いている様子はない。

ただひとつ分かることがあった。

（彼女は大雅との結婚に乗り気なんだわ）

だから詩織を牽制している。

彼女から伝わってくる緊張感に息苦しさを感じる。

そんなとき、迷いなど一切ないような簡潔な言葉が耳に届いた。

「いえ、友人ではなく恋人です」

「は？」

彼の返事に詩織はかなり驚いたけれど、美里の戸惑いは更に大きいようで、余裕のない素に戻ってしまったような声が上がった。

しばらくしてから、一段低い声で彼女が言う。

「……大雅さん、それはどういう意味でしょうか？」

（怒ってる）

美里の目は大雅をきつく睨んでいる。しかし彼はどこ吹く風だ。

「言葉の通りですよ。彼女と真剣に付き合っています。当然結婚も視野に入れています」

「な……そんなことよく私に言えますね。失礼だわ！」

「失礼とは思えませんが」

「私の家と進めていた話をご存知ですよね？　それなのにこの態度なら正式に抗議をすることになりますよ？」

美里の耳が赤くなっていた。よほど怒りを感じているのだろう。

「それはお互い様では？　こちらにも言いたいことは山ほどあるんですよ。ですがここは祝いの場なので、話し合いは後日場を設けましょう」

「逃げる気？」

挑発的な彼女の言葉に、大雅はすっと目を細めた。

「逃げも隠れもしませんよ。こちらには非はないのだから。これ以上騒ぐと内藤さんに迷惑をかける。表向きは完璧なあなたの評判を落とすのも申し訳ないので、ここは引いてもらえるとお互いにとって都合が良いと思いますが」

大雅の言葉使いは丁寧なものの、言葉の節々に美里に対する嘲りのようなものが滲み出ている。

こんな態度を取る大雅を見るのは初めてで、詩織は唖然とするばかりだった。

そんな詩織に気付いた大雅が、申し訳なさそうに眉を下げる。

「不愉快なものを見せてごめんな。行こう」

彼は戸惑う詩織の手を引き、出口に向かう。

外に出た途端、夏特有のむっとした熱気を頬に感じたが、それでも先ほどの緊張感溢れる場から脱出出来たことに安堵した。

「大雅、今の人って……」

「ごめん。嫌な思いをさせたよな。落ち着ける場所でちゃんと説明する」

「分かった」

「本当は食事をしてから部屋に行くつもりだったんだけど、どうする？」

彼とのディナーは魅力的だが、先ほどの美里とのやり取りで食欲があまりなくなっていたし、何より彼女との関係を早く聞きたい気持ちがある。

「私は早く話がしたいけど、大雅はお腹空いていないの？」

「俺は大丈夫だ。すぐに部屋に行って話をした後に、食事にしようか」

「うん」

大雅は申し訳なさそうな様子に見える。先ほど美里に見せた怖い顔とは大違いだ。

それでも余計なおしゃべりをする気に慣れずに、彼のマンションまで移動する間、どちらも口数が少なく沈黙が続いていた。

筒宮ホールディングスの本社ビルがある都心のオフィス街から地下鉄で十五分ほどの場所に、大雅の住まいがある。

理久の父が入院している病院の隣駅。偶然居合わせた食堂は、彼の生活エリアだったようだ。

駅前は再開発が進んでおり、整然とした街並みが広がっていた。

その中でも一際存在感を放つ巨大なレジデンスに彼の部屋がある。

高級感溢れる一階のロビーには、上品なネイビーのスーツをまとったコンシェルジュがふたりいて、通り過ぎるとき礼をされた。

エレベーターで十階に上がり、共用廊下とは思えない広々した通路を進む。

いくつかのドアを過ぎた先に大雅の部屋があった。

再会してから彼の部屋に入るのは初めてのせいもあり、少し緊張した。

「お邪魔します」

大雅は詩織を広々したリビングに通した。

空調が丁度よく効いており、汗ばんでいた肌がひんやりとする。

「そこで少し待っていて」

「うん」

中央の革張りのソファに座るように言われ待っていると、冷たい水を入れたコップを持った彼が戻ってきた。

「ありがとう」

ミネラルウォーターにはレモンが少し搾ってあるようで、とてもすっきりして美味しかった。

大雅が詩織の隣に腰を下ろす。これからの会話に備えてなのか、少し距離が空いていた。

「詩織から話す？」

自分の家だからか、彼はリラックスしているように見えた。詩織は頷き話を切り出す。

「あの、私が今日話したいことはふたつあって。ひとつはさっき会った女性も関わる話なの」

詩織が切り出すと、大雅は小さく頷く。

「父から大雅に縁談話が持ち上がっているって聞いたわ。大雅のお父様が進めている話で相手は緑川美里さん。さっきの女性だよね？」

詩織の言葉に、大雅は失望したような溜息をこぼした。

「ああ。その通りだ」

冷静に話を聞こうと決めているくせに、肯定されると胸が痛んだ。

そんな気持ちが顔に出たのか、大雅がすぐにフォローするように続きを口にする。

「でも詩織が今言っていた通り、父が勝手に進めようとした話だ。当然気付いてすぐに止めた。緑川家にも伝えている」

大雅の口ぶりからは既に解決した話であるように聞こえる。

幾分ほっとしたものの、完全に納得は出来ない。

「でも、彼女はそんな感じに見えなかったけど。大雅と関わりたそうにしているように見えた」

詩織に攻撃的だったのも、大雅の隣にいるのが気にくわなかったからだろうし。

「確かに断ったとき緑川家の方はごねていた。だからといって何の約束もしていない状態だった訳だし、断るのに問題はない。緑川家の方も仕方ないと渋々受け入れていたから、片が付いていたんだ」

大雅が憂鬱そうな溜息を吐く。うんざりしたようなその態度から、本当に美里に対する想いはないのだと分かる。

「そうなんだ……大雅がやけに攻撃的だったのはどうして？」

「詩織に対して無礼な態度だったのが許せなかった。今後もあんな態度を取られたらたまらないから、はっきり拒否したんだ」

「私のために怒ってくれたのは嬉しいけど、でも言い過ぎだったと感じたよ。誰かに見られたら大雅の印象が悪くなりそうで心配」

彼の気持ちが美里に向いていないと確信したからだろうか。

嫉妬心は収まり、心配事は別のものに移っている。

「これでも限度は弁えているつもりだから大丈夫だよ。ただ彼女はしっかり断った後も周囲に俺との婚約を仄めかすような真似をしていたんだ。そのせいで噂が広まり詩織の耳にも入ってしまった。俺たちにとって迷惑でしかない。しっかり抗議しないとな」

「自分から言いふらしていたの？　そこまでするということは、彼女は大雅のことが好きなんじゃないの？　家との繋がりとかは関係なく」

大雅は困ったように肩をすくめた。

「さあな。もしそうだったら小細工をせずに正直に伝えてくれたらいいんだけどな。俺には詩織がいるから気持ちに答えることは出来ないけど、誠意をもって対応はする。でも今の状態では、こそこそと嫌がらせをされているようにしか感じない」

「彼女とは高校まで同じ学校だったの。私は親しくはなかったけど優秀だって有名な人だった。そんな彼女がどうして回りくどいことをするのか分からない」

「考えるだけ無駄だ。よく知らない相手の気持ちなんて分かるはずがない。それより俺は詩織が納得してくれたのかが気になる」

大雅が詩織を真っすぐ見つめる。

「大丈夫。ちゃんと話してくれたから事情は分かったし。あ、でもお父さんはお見合いを断ったことでお怒りではないの？」

「問題ない。結婚を考えてる相手がいるって言ったら、あっさり納得したよ。早く家に連れて来いってうるさく言われてる」

大きな手が詩織の頬に触れた。

「うちに招待してもいいか？」

愛おしそうに目を細めて詩織を見つめる大雅が言う。

彼の迷いない愛情を強く感じ、詩織の鼓動は高鳴った。

けれどすぐにでも頷きたくなる気持ちを抑えて、問う。

「お父様に雅のことは話した？」

後継ぎ息子の相手が子持ち女性と知っても認めてくれるのだろうか。

「全て隠さず話してあるから、心配するな」

「お父さんはそれでも許してくれてるの？　雅については何て言ってた？」

大雅の目が少しだけ揺れた。きっと詩織にとって耳が痛いことを言われたのだ。

「本当のことが知りたいの」

必死に訴えると、彼はようやく重い口を開いた。

「他人の子の父親になるのは、お前が思っている以上に大変なことだ。生半可な覚悟じゃ務まらないって言われたよ。だけど最終的には俺の判断に任せると」

「お父様の言う通りだよ。ひとりの人間を育てるんだから軽い気持ちじゃ無理」

「そうだな。でも俺は雅ちゃんの父親になれるように努力したいと思ってる。詩織を愛してるから、その子供である雅ちゃんも大切にしたい。そう思ってるよ」

ずきんと胸が疼いた。

大雅の本音が見えたような気がしたからだ。

彼は雅を可愛がってくれている。好意的に思ってくれているのは確かだろう。それは接し方を見ていれば分かる。

だけどやはり他人の子という意識はどうしてもあるのだ。だから〝努力したい〟と言った。

（当然だよね、雅のことでは複雑な気持ちは絶対にあったはず）

それでも葛藤を乗り越えて、詩織ごと受け止めようとしてくれている。

とても大きな愛だと思った。

元々優しい人だった。初めて会ったときから親切で、付き合ってからも詩織の都合に合わせてくれていた。

当時既に働いていた彼が、どんな苦労をして詩織に予定を合わせてくれていたのか、今ならよく分かる。

言葉はなくても愛されていたのは明らかだった。

（それなのに私は大雅を信用しなかった。信じる強さが足りなかった）

そして逃げるように別れ、自分の気持ちしか考えず雅を生んで、彼に伝えるための努力を一切しなかった。

（私……なんてことをしてしまったんだろう）

大雅から可愛い娘の成長を見守る機会を奪い、雅からは受けるはずだった父親からの愛情を取り上げてしまったのだ。

後悔と罪悪感が押し寄せ、目の奥が熱くなった。視界がじわりと滲んでいく。

「え？　どうしたんだ？」

大雅が心配そうに詩織の顔を覗き込む。

「父の言葉は気にしなくていい。詩織や雅ちゃんを責めてる訳じゃないんだ。他にも心配事があるならはっきり言ってくれ。俺がなんとかするから」

大雅が必死に言い募る。

詩織は小さく首を横に振った。しっかりしなくてはと涙を止める。

「お父様の発言は関係ない。私ね、大切なことを大雅に言ってなかったの」

「何のことだ？」

怪訝そうな大雅に詩織は一呼吸置いてから告げる。

「雅の父親について。今日話そうと思っていたこと」

「ああ……聞くよ」

大雅の顔に切なさのようなものが浮かんだ。

自分の心臓の音がダイレクトに聞こえるような緊張に耐えながら、詩織は口を開く。

「あの子の父親は、大雅なの」

その瞬間、大雅が息を呑んだ。

怖くなるような沈黙を破り、詩織は掠れる声を出す。

「ずっと黙っていてごめんなさい！」

「どうして……だって俺が聞いたとき否定しただろう？」

大雅の声には激しい困惑が表れていた。

「妊娠が分かってからと、生んだばかりの頃は、大雅に裏切られたと思っていて連絡する気にならなかったの。子育てがいち段落した頃になると気持ちが落ち着いていたけれど、大雅の連絡先は全て削除していたから伝える方法がなくてそのままにしてしまった。積極的に調べなかったのは大雅に知られて環境が変わるのが怖かったのもあるんだと思う」

自分がした行動なのに思うというのは変だが、本当に自身の気持ちがよく分からない時期だったのだ。いつも矛盾する想いを胸に抱えていた。

それは大雅への愛と失恋の痛み。心に蓋をしてもずっと忘れていなかったのだ。

「偶然再会したとき、雅のことを話すかどうか迷った。でも大雅は大企業の御曹司で他社との合併も控えたデリケートな時期だって聞いて、今更子供がいるって伝えても迷惑になるだけかもしれないって考えたの」

大雅がはっとした表情になった。

「確かにそんなことを言っていたな……あれは俺のことだったのか」

彼は頭を抱えて溜息を吐いた。

「私と雅の存在は大雅にとってマイナスになると思ったから。本当のことを知らせてがっかりした顔をされるのが怖かった。雅の親権を取られたらと思うと不安になった」

「俺が母娘を無理やり引き裂くとでも思ってたのか？」

大雅が不本意だと言いたげに顔をしかめる。

「分からなかった。もしかしたら責任感で私と結婚するって言うかもしれないと思ったけど、気持ちのない結婚に踏み切る自信がなかった」

彼は深い溜息を吐いた。

「俺は再会してからは気持ちを隠していなかった。あからさまに態度に出していたし、詩織だって気付いていると思ってた」

「大雅が私に関わろうとしているのは気付いたけど遊びなんだろうなって。だってずっと浮気されてフォローもなく、別れを切り出しても追ってきてくれなかったから」

「それは……詩織を失望させて当然だよな。あのとき抵抗せずに別れを受け入れたことを、後悔したんだ」

「あのとき、どうして何も言ってくれなかったの？」

「気持ちが冷めた相手に追われても迷惑がられるだけだと思ったんだ。物分かりのいいふりをして、後から馬鹿だったと気が付いたんだ」

動揺していた様子だった大雅は、気を取り直すように息を吐いてから詩織を見つめる。

「前にもこんな話をしたと思うけど、今また言う。俺は間違った。詩織も後悔している。だけどそれは今だから分かることで当時はそれぞれ精一杯だったはずだ」

「うん」

「だから反省して二度と同じ間違いをしないように、ふたりで頑張らないか？」

「え？」

大雅の目元が柔らかく変化した。

「詩織、俺たちやり直そう。そして幸せになろう」

「……いいの？　私を許してくれるの？」

声が震えた。

「許すも許さないもない。やり直すんだからお互い蒸し返しもしない。それでいいか？」

大雅の声が優しくて、せっかく止まった涙が溢れそうになる。

「ありがとう」

「これからは俺が詩織を守っていきたい。何があっても絶対に手放さない。心から愛している」

「私だって同じくらい大雅が好き」

どちらともなく近づき唇を重ねた。

全てを打ち明けて心の憂いがなくなったからか、素直に彼を求めることが出来る。

「大雅……好き」

詩織が彼の首に腕を回すと、答えるように逞しい腕に抱き寄せられる。

触れ合うだけのキスが段々と深くなり、重なる時間も長くなる。

気付けばソファの上に押し倒される形でお互いを求め合っていた。

大切で愛しくて、抱き合えることが涙が出るほど幸せだ。

寝室に移動したのはとても自然な流れだった。

四年ぶりに感じる温もりに、心も体も溶けていくような、ひとときだった。


ベッドに並んで横になり余韻に浸りながら息を整えていると、大雅が詩織の体を引き寄せた。

親密度の増したその行動が嬉しい。甘えるように身を寄せると、当然のようにキスをされる。

見つめ合っては嬉しくてくすくす笑う。少し前までの自分には考えられなかった恋に舞い上がる時間だった。

大雅も幸せそうで、詩織に触れる手はどこまでも優しい。

「俺と別れたあと、詩織は誰とも付き合わなかったんだな」

「うん、子育てで余裕がなかったから付き合うとか考えられなかった。でももし余裕があっても恋人は出来なかったかな」

「どうして？」

大雅が詩織の髪を撫でる。彼はとにかく詩織のどこかに触れている。それが心地よくて詩織は目を細めた。

「私の心の中にはずっと大雅がいたんだと思う。嫌いって強がっても忘れられなかった」

だから今、素直になって心も体も結ばれて、こんなに幸せな気持ちになっている。

大雅は詩織の言葉が終わった途端に、ぎゅっと強く抱きしめてきた。

「大雅？」

「過去は関係ないと思ってたけど、詩織には俺だけと思うと、駄目だ……幸せで喜びが抑えられない」

「そんな……大袈裟だよ」

でも悪い気はしない。いや、とても嬉しい。

「大袈裟じゃない。過去もこれからも詩織は俺のものだ」

大雅は独占欲を隠しもせずにそう言い、詩織をがっちり抱きしめながらキスまでする。

息苦しさを覚えるほど求められて、捕らわれる。隙間なく触れ合う肌が心地よい。

「ごめん、重いよな」

「ううん、嬉しい。それに私も多分同じくらい大雅が好き」

今度は自分からキスをする。

そうやって甘い恋人の時間を楽しみ、再び寝室に濃密な空気が漂い始めたとき、大雅は詩織に覆いかぶさっていた体をゆっくり起こした。

と同時に深い溜息を吐く。

「大雅？」

「もっとこうしていたいけど、時間がないな」

「あ……」

彼の言葉にはっとして慌てて時計を見る。

時刻は夜の十一時になろうとしていた。

「どうしよう、もうこんな時間」

遅くなるとは言ってきたが、外泊するとは言ってない。

雅はもう寝ているだろうが、夜中に目を覚ました場合、詩織がいなかったら大変なことになるだろう。

先ほどまでの甘い空気はどこに行ったのかというくらい現実に戻る。

「車で送る。急いでシャワー浴びてくるから待ってて」

「ありがとう」

大雅の後に詩織も軽くシャワーを浴びて、なんとか日が変わる前に家に帰ることが出来た。

両親が怒っているかと思ったけれど、意外にも小言は言わず雅の様子を伝えてくれた。

詩織がいないことで機嫌が悪かったそうだが、なんとか眠りそのまま目を覚まさないということ。

大雅と出かけたことに気付いているようだったけれど、何も聞かずにいてくれた。

「お父さん、お母さん、ありがとう」
お礼を言ってから自室に行き、雅の様子を窺った。
ぐずっていたということだが、寝顔は穏やかで気持ちが良さそうだった。
「可愛いな」
ついそんな言葉が漏れる。
「遅くなってごめんね」
雅の顔を見ていると、こみ上げるものがあった。
(大雅がパパだって言ったら、どんな顔をするかな)
混乱する？　喜ぶ？
いきなり話すのは幼い子の精神によくないだろうか。
でも彼は早く父親だと名乗りたそうな様子だった。
無理強いはせずに、雅の気持ちを大切にしてくれるだろうけれど。
両家の家族はどれほど驚くだろう。理久と絵麻も。
(しばらくは事情説明で大変になりそう)
だけど幸せだ。
これからの日々を思うと、希望でいっぱいになった。

第八章　宣言　大雅side

詩織とどうとう心を通わせることが出来た翌日の午後。

大雅は三カ月ぶりに実家に帰った。

父に詩織と雅のことを報告するためだ。

玄関口では継母が出迎えてくれた。

「大雅さん、お帰りなさい」

「時子《ときこ》さん、ただいま帰りました」

父が彼女と再婚したのは大雅が中学生の頃だったから、到底母親として見ることは出来なかった。かといって、あからさまに反発するほど子供でもなかった。

父の新しい奥さん。あくまでそんな位置づけだったから、母さんと呼ぶことには躊躇いがあり、時子さんと名前で呼んでいる。

ふたりだけで深い話をしたこともないが、仲が悪いということもなく、それなりに上手く付き合ってきた。

「外は暑かったでしょう？　早く上がって」

時子に促され、一階にあるリビングに向かう。

「もっと頻繁に帰ってきてくれたらいいのに。あの人が寂しがってるわ」

「父とは会社で顔を合わせてますよ」

「家と会社では違うでしょう？　今日だって大雅さんが来るのをソワソワして待っているんだから」

「そうですね。少し気を遣うようにします」

彼女にはそう答えたが、父が落ち着かないのだとしたら、それは恐らく大雅が結婚について重大な話があると伝えているからだ。

子持ちの女性と結婚すると言ってから、父は大雅の言動に敏感になっている。あからさまに反対はしてこないものの、心配になっているのだろう。


三十畳ほどの広いリビングのソファに、父はゆったりと座っていた。

大雅の目にはソワソワしているように見えなかった。微妙な変化が分かるのは、時子だけのようだ。

「ああ大雅、遅かったな」

父は大雅の顔を見た途端にそう言った。

「時間通りですよ」

大雅が父の正面のソファに座る。時子が父に問いかけた。

「私は外した方がいいかしら?」

「そうだな。悪いがふたりにしてもらえるか?」

「ええ。部屋にいるから何かあったら呼んでね。では大雅さんまた後ほど」

継母がリビングから去ると、父が小さな溜息を吐いた。

「時子にもう少し愛想よくしてやってくれないか? 明るく振る舞っているがお前との関係に悩んでるんだ」

「その話は何度も聞いているし、その度関係に問題はないと答えてますよ」

「問題あるだろう?」

「父さんが時子さんに対して過保護だからそう感じるんですよ」

以前は父が時子を庇ったり心配する度に、大袈裟だと思っていた。

けれど今なら父の気持ちがよく分かる。

大切な人を守りたいと思うのは、大雅だって同じだからだ。

「でもそこまで父さんが言うなら、今後はもっと気を遣います」

「そうか? 頼むぞ」

父は大雅の反応がいつもと違うことに戸惑いを覚えたようだった。

調子が狂うとでも思っているのだろう。気を取り直すようにごほんと咳をして、本題を切り出してきた。

「ところで重大な話というのは何なんだ？」

「電話で話した通り、俺の結婚についてです」

「小桜食品の社長令嬢と結婚したいと聞いていたが、他に何かあるのか？」

警戒心も露わに、父の眉間にシワが寄る。

「彼女の子供についてです」

「ああ、三歳の女の子なんだよな。お前はその子の父親になると……今でもその決意は変わらないのか？」

「もちろん変わりません。でも状況が変わったんです」

父が怪訝そうに首を傾げる。

この後、父はどんな反応をするだろう。そんなことを考えながら、大雅は続きを口にする。

「その子供は俺の実の子だったんです」

「は？　なんだって！」

座っていたソファから腰を上げて、父が叫ぶ。

相当な衝撃を与えたようだ。

「彼女の子は俺の子だと言ったんです。父さんの孫娘だ」

父は唖然としていたけれど、しばらくするとどさりとソファに崩れるように腰を下ろした。

「孫って……一体、どうなってるんだ？」

力ない声だった。対照的に大雅は自信を持って言葉を返す。

「それをこれから説明します。でも先にこれだけは言っておきます。俺は詩織と結婚して娘の雅を彼女と共に育てていきます。誰に反対されてもその意志を変える気はありません」

「随分と入れ込んでるんだな」

「彼女と娘のいない未来は考えられない程度には」

大雅が不敵に笑って告げると、父は諦めたような苦笑いになった。

「反対はしないよ。心配はしているが。血が繋がっているからと言っても、三歳なら突然現れた父親を受け入れられない可能性もあるだろう。お前が思っているように上手くいくかは分からない」

「それは覚悟の上です」

「そうか。そこまで決めているのならもう何も言わないよ」

父は力が抜けたようにそう言い、テーブルの上のお茶に手を伸ばした。

「彼女を紹介する場を設けるので、その日は時間を空けてください」

「分かった」

「それから彼女は筒香家に受け入れられないのではないかと不安になっていますから、温かく迎えてあげてくださいね」

「はあ……時子に対して甘いと散々言っていたのにな、お前の方がよほど過保護だ」

父は呆れた様子だが、詩織に対しては上手く対応してくれそうだ。

「随分、嬉しそうなんだな」

必要なことを言い終え、のんびりお茶を飲む大雅に、父が言った。

「嬉しいですよ」

なんと言っても、詩織の気持ちを完全に取り戻したのだから。

昨夜の感動の余韻が今でも胸中で燻っているのだ。

素直になった詩織は大雅にとって、たとえようのないほど可愛くて、夢中になって抱きしめた。

キスもその先も彼女は初めは緊張している様子で、そういった行為が久しぶりであるのだろうと伝わってきた。

それがまた独占欲を刺激して、自分だけに許してくれた事実に満足感を覚えた。

朝まで同じベッドで眠れたらいいのに。

離れがたくて心の中で何度もそう呟いた。

いや、それまでも会う度に願っていた。

子供を育てている彼女に無理は言えないので隠しているが、大雅は独占欲の塊だ。

詩織と一日会えないだけで、寂しさを覚える。

本当はひとときも離れていたくないくらいで、自分でも重症だと自覚している。

だけどこのような苦悩はあと少しの我慢だ。詩織と結婚したらいつでも傍にいられるのだから。

しかも雅が自分の血を分けた娘だったのだ。

彼女の口から聞いてもすぐには信じられなかった。

時期的に可能性があると考えたことはあるけれど、詩織がきっぱり否定したし、雅も大雅に似ていないからだ。

実の子でなくても愛情を注ぎ、大切にすると決心していた大雅にとってまさに青天の霹靂だった。

驚きと混乱が去ったあとは、大きな喜びが押し寄せてきた。

今でもまだ興奮が冷めないままだ。

「まあ、お前が幸せならよかったよ。昔からドライで結婚も難しいんじゃないかと心配していたからな」

昨夜の出来事を思い出していると、父の声が耳に届いた。

「結婚と言えば、緑川家との縁談は、父さんの方からもしっかり断ったはずですよね？」

「え？　ああ、あの件はもう気にしなくていい。内々の話だったから、責任問題も発生しない」

どうやら父は噂を全く知らないようだ。

ならば予想より噂は広がっていないのかもしれない。

小桜社長が知っていたのは、詩織と大雅の関係について不安を持っていたため、積極的に情報収集した結果ということか。

「気にしない訳にはいかないようです。緑川家の令嬢が俺との結婚を周囲に仄めかしているんですよ。既に小桜社長の耳にも入ってますから、はっきりとけりを付けないと結婚の挨拶も許されない」

実際に詩織の父の小桜社長が強い態度に出る可能性は低いけれど、内心では面白くないはずだ。

信用を勝ち取るためにも、不安の芽は潰しておく必要がある。

「それは困るな。でもどうする気だ？」

「俺が対応します。緑川社長から父さんに話が行くかもしれませんが、上手く流しておいてください」

「分かった。だがあまり過激なことはするなよ」

「もちろん、常識の範囲で対応しますよ」

大雅が宣言し、父も反論しなかったことで、話は終わった。

「……夕飯を食べて行くだろう？　お前が来ると聞いて、時子が張り切って用意している」

「時子さんが料理を？」

筒香家は三人のハウスキーパーを雇っているので、普段時子は料理をしないはずだが。

「彼女は結構料理が得意なんだぞ。お前は知らないだろうが」

「そうなんですか」

「手料理を振る舞うそうだ。食べていってくれ」

「分かりました」

父の言う通り、テーブルに並んだディナーは素人が作ったとは思えないほど、多様で豪華だった。

味も良く、セミプロと言っても差し支えはない。

「美味しいです」

素直に告げると、時子は顔を輝かせて喜んだ。

「よかったわ。沢山あるから遠慮しないでね」

こんな顔を見るのは初めてかもしれない。

そんな彼女を見て、父も喜んでいる。

和やかな家族の食卓だ。

（今頃詩織も夕食をとっているかもな）

昔に比べたら大分痩せた。健康のためにも少し食事を増やした方がいいかもしれない。

（雅ちゃんは、とっくに寝てるんだろうな。まだ三歳だから）

以前彼女と遊んだとき、元気にはしゃいでいると思ったら、突然昼寝を始めたことがある。まだ眠気に逆らえないのだ。

無防備に眠っている顔を思い出し、口元が緩んだ。

「なんで、笑ってるんだ？」

父に見られていたらしい。不審そうに問われてしまった。

父に詩織を紹介する前に、小桜社長へ挨拶し結婚の許しを得なくてはならない。

そのためには緑川家との問題を完全に解決するのが先だ。

大雅は早速翌日に緑川産業社長に連絡を入れて正式に抗議をした。

緑川社長は娘の行いを何も知らなかったようで大層驚いていたが、詳しい説明をすると平身低頭で謝ってきた。

社長自ら筒香家との縁談はないと周知し、美里に対しても二度と偽りの発言をさせないと約束させるとのこと。

小桜社長の耳に入るのも、そう先にはならないはずだ。これで堂々と挨拶に行ける。

とはいえ、挨拶当日はなんとも言えない緊張感に苛まれた。

いつもと違う様子に気付いたのか、玄関で出迎えてくれた詩織が心配そうな顔をしている。

「予定通り両親が揃ってるんだけど、大丈夫？」

「ああ、雅ちゃんは？」

結婚の挨拶と同時に、彼女との関係を話す予定だ。

詩織から大方の事情は説明しているが、込み入った話になるだろう。本人には聞かせたくない。

「理久にお願いした。一時間くらい外で遊んでくるって」

「そうか……行こう」

社長とは仕事で何度も会っているし、小桜家のリビングルームも数回訪れている。

しかし彼女の父親に結婚を請う立場で会うとなると、心持ちがまるで違う。

大雅の場合は、雅のこともあるからなおさらだ。

詩織の両親はリビング隣の和室にいた。大雅と目が合うと目礼する。

「大雅、こっちに座って」

詩織に促され小桜社長の正面に座る。彼女は大雅の隣に落ち着く。

「本日はお忙しいところ、時間を作ってくださりありがとうございます」

大雅は深々と頭を下げた。

「いえ、ご足労いただきありがとうございます」

小桜社長も緊張しているようで、声が硬くなっていた。

「どうぞ」

小桜夫人の方がリラックスしており、笑顔で冷たいお茶を出してくれる。

大雅が切り出すタイミングを窺っていると、小桜社長が先に口を開いた。

「娘から筒香さんと結婚の話が出ていると聞きました」

「はい。詩織さんとの結婚をお許しいただきたいと思っています」

はっきりと意思を伝える。すると小桜社長は困ったように視線を落とした。

「筒香さんには緑川商会の令嬢との縁談が進んでいると聞きましたが」

「それは誤解です。ただ噂が広がるのは問題ですので、緑川家にはっきりと否定するようお願いしました」

「そうなのですか？……ではやはり詩織と」

「はい。詩織さんと雅ちゃんと幸せな家庭を築きたいと思っています。どうか認めて頂けないでしょうか」

「お父さん、お母さん。これまで散々心配と迷惑をかけてきたから、私の結婚が不安なのは当たり前だと思う。でも、今よりもっと努力して信頼してもらえるようにするから。どうか彼との結婚を許してください」

大雅の言葉に詩織が続いた。

小桜社長は夫人と目を合わせ、それから再びこちらを見た。

「ふたりが真剣なのは分かったよ。結婚を反対するつもりもない。ただ雅のことを思うと、どうしても不安と戸惑いが拭えない」

「そう思われるのは当然です」

「それに筒香さんが父親ならどうして今まで放っておいたんだ？　実家で暮らしているから気楽な育児ということはない。詩織は出産前から体調を崩して大学を退学までしたんだ。雅は父親を知らないままもう三歳だ」

小桜社長の声からは、抑えきれない怒りが滲み出ていた。

「お父さん！　彼は妊娠したことを知らなかったって言ったでしょう？　私が伝えなかったのが悪いの。だからそんなに責めないで」

詩織が必死に大雅を庇おうとする。

彼女の気遣いが嬉しかったが、小桜社長の怒りはもっともなのだ。

「どんな事情があるにせよ、父親としての責任を果たせず今日まで来たのは事実です。

後悔と贖罪の気持ちを忘れずに、詩織さんと雅ちゃんを大切にしていきたいと思っています」

気持ちが伝わるように、心を込めて訴える。

小桜社長は深い溜息を吐いた。それから諦めたように口を開く。

「ふたりの気持ちがそこまで固まっているなら、親がどうこう言っても仕方ないでしょう。どうか娘と孫をよろしくお願いいたします」

恐らく初めから断固反対するつもりはなかったのだろう。それでも一言言わずにはいられなかった。

「ありがとうございます。いつか信用してもらえるよう努力します」

「お父さん、ありがとう」

詩織はほっとしたような笑みを浮かべる。

もろ手を挙げて賛成してもらった訳ではないから、いつかこの判断が間違っていなかったと安心してもらえるように努めなくては。

小桜社長が口を閉じると、夫人が控え目な態度で話に入ってきた。

「あの、雅ちゃんに対しては慎重にしてくださいね。あの子はいつも明るいけれど繊細なところもあるから。急にパパが出来てママと仲良くしているところを見たら、戸惑ってしまうと思うの」

「分かりました。彼女の気持ちを一番に考えます」

「ええ、そうしてください。さ、話もまとまりましたしお食事にしましょうか。みんなで頂こうと思ってお寿司を頼んでおいたのよ」

小桜夫人は場の空気を変えるように明るく言う。

小桜社長が何か言うことはないので、もう話は終わったということなのだろう。

「詩織、理久君に電話してそろそろ帰ってくるように言ってくれる?」

「あ、私迎えに行ってくる。多分神社に行ってるはずだから。大雅も一緒に来てくれる?」

詩織の言葉に応えて立ち上がろうとすると、小桜夫人の険しい声が割り込んでくる。

「詩織、せっかくご挨拶に来てくださった筒香さんに失礼でしょ」

「いえ、お気遣いなく。雅ちゃんに会いたいので行ってきます」

大雅は笑顔で小桜夫人を宥めてから、詩織と共に家を出た。

外は快晴。八月の太陽の光が眩しくて目を細める。

神社に向かう道中、隣に並ぶ詩織が大雅のスーツの袖を摑んだ。

見下ろすと、彼女は綺麗な形の眉を残念そうに下げていた。

「さっきはお父さんがごめんね。大雅に黙って雅を生んだって説明していたのに、あんな風に大雅を責めるなんて。悪いのは私なのに」

「お父さんは詩織が大切だから、どうしても俺に対して怒りを感じるんだ。でも最終的には許してくれたんだ。これからは安心してもらえるように頑張ろう」

「うん。大雅は心が広いね。ありがとう、お父さんを分かってくれて」

「詩織の両親だからな。俺も大切にしたい。ところで外に出たのは他に理由があるんだろう？」

なんとなく予想はついている。

思った通り詩織は「そうなの」と頷いた。

「理久がね、お父さんたちがいないところで、こっそり挨拶したいって」

思った通りだ。以前恋人のふりをしたことを、説明したいのだろう。

大雅も彼と一度話したいと思っていたから丁度いい。

「あ、話をしてたら向こうから来たわ」

詩織の声に誘われて前方に目を遣る。

街路樹が並ぶ歩道を歩く三人が視界に入った。

真ん中の小さな子供は、まるでスキップをしそうなほど軽やかに歩いている。

左右の大人は、ひとりは小桜理久。もうひとりは大雅の面識がない若い女性だった。

「あ、ママ！」

雅が詩織に気付き、顔を輝かせて駆け寄ろうとする。

それを慌てた様子で理久が止めて、抱き上げた。

彼はばたばたする雅を軽々抱えたまま、急ぎ足でこちらにやって来た。

「詩織、話は終わったのか？」

「うん、雅を見ていてくれてありがとうね。雪《ゆき》ちゃんも、お休みなのにごめんね」

詩織は理久の後ろからついてきた女性にも声をかける。

詩織よりも更に若そうな女性は、にこやかな顔で「大丈夫」と頷く。

彼女も詩織の親族だろうか。

「大雅、従兄の小桜理久と、その彼女の雪ちゃんよ」

考えていると、詩織が彼らを紹介してくれた。

「筒香です。理久さんとは、以前一度お会いしていますね」

「そ、そうですね。あのときはすみませんでした」

彼は人の好さそうな顔に苦笑いを浮かべて頭を掻く。

「え？　理久君、筒香さんに何かしたの？」

雪が意外そうに、理久に確認した。

「そうじゃないけど」

彼女に対して、詩織の恋人役をしたとは言えないのだろう。困った様子で詩織に助けを求める視線を送っているが、肝心の詩織の視線は雅に向かっていて気付かない。

「偶然食堂で会ったことがあるんですが、立て込んでいて挨拶が出来なかったんですよ」

大雅の説明で雪はあっさり納得したようだった。

「そうだったんですね。よかった、彼が失礼な発言でもしたのかと思って心配しちゃいました」

付き合いが長いのだろうか。まるで夫婦のような空気が、ふたりの間に流れている。

「雪ちゃん、雅にアイスを買ってくれたの？」

詩織が雪に話しかけたタイミングで、理久が大雅にこそりと話しかけてきた。

「あの、分かっていると思いますけど、俺と詩織は本当にただの従兄妹ですから。誤解しないでくださいよ」

「もちろん分かってます。むしろあのときは巻き込んでしまって悪かったと思っているんですよ」

理久はほっとしたように表情を和らげた。

「それならよかった。あのときは詩織が急に変なことを言い出すから焦ったんですよ」

「そうでしょうね。察します」

彼の唖然とした顔を思い出した。

それほどあからさまなサインが出ていたのに、真に受けてしまったのは言わないでおこう。

「でも詩織が急に結婚すると聞いて驚きましたよ。筒香さんなら伯父さんたちも反対はしないだろうし安心だ。詩織をよろしくお願いしますね」

どうやら理久は大雅と雅の関係をまだ聞いていないようだ。

それでもこの結婚を歓迎してくれている。きっと今までも詩織を気遣ってくれていたのだろう。

「任せてください」

自信を持って答えると、理久は安心したように笑った。

「良かった。詩織はずっと雅のことばかり考えていて、それは母親としてはいいんだろうけど、ちょっと心配してたんですよ。自分自身の幸せも大切にしてほしいなって。

あ、ところで食堂でのこと、雪には秘密でお願いしますよ」

「約束します」

相当彼女に弱いのか、詩織と話し込んでいる雪をちらちら見ていた理久は、優しい目をしている。

「たいがおにいちゃん」

幼い声に呼ばれ振り向くと、詩織に抱っこされた雅が、ニコニコしながら小さな手を振っていた。

大雅も笑顔で彼女に近づく。

「こんにちは雅ちゃん。散歩楽しかったか？」

「うん！　りっちゃんと、ゆきおねえちゃんと。ブランコのってから、かいだんにいったの」

「そうか。楽しかったな」

優しく返事をすると、雅は嬉しそうに目元を下げる。

「たのしかった。こんどはたいがおにいちゃんもいこうね」

「ああ。楽しみだな」

「うん、たのしみだね」

気分が高揚しているのか、頬をピンクに染めて喜ぶ雅は愛らしかった。

今までも可愛い子だと思っていたが、自分の娘だと知ったせいか、距離感がもどかしい。

「雅、お家に帰ったらお寿司があるよ」

詩織が優しく言うと、雅は「わーい」と彼女の腕の中で跳ねる。

「みや、たまご、たべたい」

「かっぱ巻きもあるからね」

「うん」

皆で小桜邸に戻り、楽しく食事をした。大雅の分の玉子はもちろん雅にあげる。

「たいがおにいちゃんありがとー」

全身で感謝を表してくれる雅が、愛おしかった。


その後、詩織と話し合い、雅に本当のことを話すのは、もう少し先にしようと決めた。

まずは大雅と触れ合う機会を増やし、慣れていった方がいいという詩織の意見を尊重したからだ。

丁度九月の休みに旅行に行く計画があるから絶好の機会になりそうだ。

行き先は、残暑の時期でも爽やかな風が気持ちのよい高原のコテージ。併設して筒宮ホールディングスのレストランもある。大雅はそれなりに土地勘があるので、詩織と雅を楽しませることが出来る。

雅をポニーに乗せてあげよう。詩織の話ではアウトドアには慣れていないが興味はあるらしいので、太陽の下で思い切り遊ばせる。

彼女が好きな動物園も外せない。

君のパパなんだと、名乗る日が待ち遠しくてたまらなかった。

第九章　幸せな時間

両親への結婚報告が終わりほっとしたのもつかの間。

詩織は大雅と共に筒香家の屋敷を訪れていた。

今度は詩織が彼の家族に挨拶をするためだ。

筒香家の屋敷は小桜邸の敷地の倍はある豪邸で、早くも怖気づきそうになる。

(大雅は大丈夫だって言ってたけど、不安は拭えない)

恋人の親への挨拶はこんなにも緊張するものなのか。

小桜家での大雅の振る舞いは礼儀正しく、かつ堂々としていた。

(私もあんな風に出来たらいいのに)

実際は全く余裕がない。迎えに来てくれた大雅の車から降りたとき、せっかく持ってきた手土産を座席に忘れて、彼に教えてもらうなんてうっかりをしてしまった。

そんな詩織の緊張を見かねた大雅が、優しく囁く。

「あまり硬くならないで大丈夫だから。父も継母も詩織に会うのを楽しみにしてるんだ」

「うん、私も今日を楽しみにしていたから」

と言っても、緊張してしまうのは別問題な訳で。

(でもここでうじうじしてる訳にはいかない。後ろ向きなことばかり考えるのは止めようと決めたんだから)

もし反対されたら、なんとしても説得すればいい。

そんな風に自分を奮い立たせて、筒香邸に足を踏み入れた。


大雅の父は、大企業筒宮ホールディングスを率いるだけあり、その佇まいから近寄りがたい貫禄のようなものが滲み出ていた。

顔立ちは大雅とあまり似ていないから、彼は母親似なのだろうなと思う。同席している女性は後妻だそうで、大雅は彼女を時子さんと呼んでいた。

緊張感の中、挨拶をし持参した手土産を渡す。ここまでは上手く出来たと思う。

問題はこれから。大雅が詩織の両親に訴えたように、真剣な思いが伝わるように頑張らなくてはならない。

雅のことも理解してもらいたい。

意気込む詩織の隣に座った大雅が、まずは口を開いた。

「彼女との結婚についてだけど……」

自分の家だけあり、今日の彼はかなりリラックスしている様子だ。

「先日、小桜家に挨拶に行って、結婚を許してもらった。近い内に両家の顔合わせをしたいから、スケジュールの調整に協力をお願いします」

淡々と話す大雅に、彼の父は当然とばかりに相槌を打つ。

「分かった。日程は小桜家の都合に合わせなさい」

「父さんの秘書にどうしても外せない日程を確認して、調整します」

まるで業務連絡のように波乱なく会話が進んでいく。

詩織は違和感に首を傾げた。

(あれ？　なんか思っていたのと違うような……)

小桜家のときとも全然違う。

結婚の許可というより、既に決定している事柄の詳細を確認しているようだ。

詩織が戸惑って視線を彷徨わせていると、時子と目が合った。

彼女は上品に微笑みながら、詩織に話しかけてくる。

「詩織さん、今日、お子さんは？」

「あ、娘を連れて来る訳にはいきませんので、両親に預けてきました」

父が休みを取れたため、三人で動物園に行くとのこと。雅は昨夜寝る前に、ママが行かないの嫌だと不満そうにしていたが、朝になったらご機嫌に出かけていった。

「あら、せっかくだから連れて来てくれたらよかったのに。私もこの人も孫娘に会うのを楽しみにしていたのよ」

詩織は思わず目を見開いた。

(孫娘って言ったけど、受け入れてくれているということなの?)

慌てて大雅の方を向くと、詩織たちの会話を聞いていたらしい彼が頷いた。

(大雅が言っていた大丈夫って、本当だったんだ)

筒香家の人々は詩織と雅を受け入れてくれている。

「……ありがとうございます。次にお伺いするときは娘を連れて来ます」

「ええ是非。楽しみにしています」

時子の後に大雅の父が続ける。

「詩織さん、息子が不甲斐ないせいで苦労を掛けてすまなかったね。ご両親にも早々に会い謝罪したい」

「あの、謝罪ですか?」

思いがけない言葉に、驚いた。

どう考えても逆ではないだろうか。

「ああ。大雅から大体の事情は聞き、叱ったところです」

（大雅を叱る？）

驚いて彼を見ると、どこか気まずそうな顔になっている。

「父の言う通りだ。まだ学生だった詩織を妊娠させたまま放っておいたことを筒香家としても謝罪しなくてはならない」

「詩織さん、本当に申し訳なかった」

大雅の父が詩織に対して頭を下げた。

「いえ、そんな。頭を上げてください」

恐縮して慌てながら何度も頼んで、ようやく謝罪を解いてくれた。

そのタイミングを見計らっていたように、時子が言う。

「けじめはついたみたいのでお茶を用意するわ。美味しいものを食べながら今後について相談しましょう」

香り高いコーヒーと時子の手作りのパイがテーブルに並び、随分と和やかな雰囲気に変化した。

氷が溶けるように詩織の緊張も和らぎ、予想外の展開で筒香邸訪問は幕を閉じた。

夕食は顔合わせの打ち合わせも兼ねて、小桜家で一緒にとることにした。

大雅の車で帰宅し玄関を開けると、雅が出迎えてくれた。


「雅ただいま」

「ママ、おかえりー！」

甘えん坊の彼女は、今日も詩織に抱き着き腕の中に収まろうとする。

「雅、手を洗ってからだって言ってるでしょう？」

「あ、そうだ」

素直に手を離した雅の様子が微笑ましいのか大雅がくすくす笑いながら話しかける。

「雅ちゃん、こんばんは」

「たいがおにいちゃん、こんばんは」

雅は大雅に対してもうすっかり馴染んでおり、人見知りをしない。

警戒心なく大雅に近づき、彼を見上げる。

「たいがおにいちゃんもごはんたべるの？」

「そうさせてもらうよ」

「やったー」

雅は人見知りをする一方で、慣れた人たちとワイワイ楽しむのが好きだ。

大雅も一緒に夕食というのが嬉しくて仕方ないらしい。

テンションが上がり、ぴょんぴょん飛び跳ねそうな勢いだ。

「きょうね、じいじとばあばとどーぶつえんにいったんだよ」

大雅にまとわりついて、得意げに報告する。

「楽しかったか？」

大雅は雅との会話が嬉しいようだ。ドキッとするほど優しい顔で彼女を見ている。

「うん、たのしかったよ。ゾウさんみたの」

「雅ちゃんは象が好きなんだな」

「おおきくてかわいいの」

象に可愛いイメージがあるのか疑問だが、雅はそう言って譲らない。

「そうか。雅ちゃん、今度お出かけすること、ママに聞いてる？」

「うん、りょこうでしょ？」

「そう。そこに動物園があるんだ。象もいるから見に行こうか」

「うん、いく！」

雅のテンションが更に上がった。

本当にぴょんぴょん跳ねて、喜びを表している。

「雅、落ち着いて」

「うん」

素直に返事をするものの、行動は伴わない。

仕方ないなと眉を下げる詩織の横で、大雅は温かい眼差しを雅に向けていた。

筒香家と小桜家の顔合わせは、大雅の調整によりそれから一週間後には行われた。

大雅の両親の謝罪から始まり、詩織の両親が恐縮するという一通りの流れのあとは、とても穏やかで楽しい雰囲気になった。

その場には雅も連れて行ったので、大雅の父は大層喜んでいた。

その雅は何の集まりかまるで分かっていないものの、詩織の隣で美味しそうに料理を食べキョロキョロと辺りの観察をして過ごしている。

初対面の大雅の家族を初めは警戒していたようだが、詩織が隣にいたからかそれほど怖がらず、時子に話しかけられると一言二言返していた。

「可愛いわねえ……」

時子は雅がすっかり気に入ったようだ。

雅によって場の雰囲気は和み、和気藹々と談笑している内に、女性と男性でグループが出来上がっていた。

つまり雅と遊ぶグループと、落ち着いた大雅たちのグループだ。

時子が楽しそうに雅を構っているのを眺めながらも、詩織は大雅たちの会話に聞き入っていた。

「大雅、結婚式や新居については決めているのか？」

「まだです。ただ式はするにしてもしないにしても、詩織の希望通りにしたいと思ってます」

大雅の父の問いに、彼が答える声が聞こえた。

「式はした方がいいと思うが。小桜さんはどうお考えですか？」

「お世話になった人に結婚の報告をする場は必要だと思います」

「そうですね。私としても式は挙げてほしいです」

大雅の父の気持ちは理解出来る。

（あれほど大きな企業の社長だもの。招待したい相手が沢山いるのだろうな）

詩織も出来れば行いたいと思っている。

豪勢なものではなくていいから、親しい人たちを招待して心がこもった式にしたい。ただ筒香家の都合も考慮して歩み寄らなくては。

そんなことを考えていると、父の声がした。

「詩織は子供の頃から花嫁衣裳に憧れてました。いつか幸せなお嫁さんになって着るんだって言ってたんですよ」

（お父さん、余計なこと言わないでよ）

夢見がちな頃の発言を暴露されて、恥ずかしくなる。

しかしそんな詩織の心の声が届くはずもなく、大雅がすぐさま反応を示した。

「そうなんですか？　聞いたことがなかったな」

「子供の頃の話ですからね。だけど今は私の方があの子に花嫁衣裳を着てほしいと思っています。結婚は無理だろうと諦めていたのに、やっと幸せを摑んだのんだから」

（お父さん、大袈裟よ）

だけど、父の気持ちが伝わってきて、心が温かくなった。

「ママ、どうしたの？」

自然と笑っていたのだろう。目ざとく気付いた雅が不思議そうに言う。

「何でもないよ。楽しいなと思って」

「そっか、みやもたのしいよ」

「よかったね。あ、アイス食べようか」

「うん、たべる」

幸せだなと思う。

少し前まで孤独に苛まれることが度々あったのに、今では家族に囲まれ、隣には愛する人がいるのだから。


翌週の仕事帰り。詩織は理久と雅の三人で絵麻の店を訪ねた。

営業時間の店内には、三人ほど客がいて、店のスタッフが愛想よく接客していた。

絵麻は奥のカウンターでノートパソコンを眺めている。

「絵麻」

声をかけると彼女は顔を上げて、綺麗な笑顔になった。

「詩織、早かったのね……あれ、雅ちゃんも一緒なの？」

「そう。せっかくだから自分で選ばせてあげようと思って」

「なるほど。雅ちゃん、こんばんは」

「こんばんは」

雅はペコリと頭を下げる。

今日彼女を連れてここに来たのは、昨夜絵麻から連絡があったからだ。

開業祝いのパーティーのときに、雅に用意してくれたプレゼントを、詩織が受け取らずに帰ってしまったため、取りに来いと。

絵麻に言った通り、本人に選ばせる目的もあるが、最近何かと外出して寂しい思いをさせているので一緒に過ごそうと思ったのだ。

「ちょっと待っていてね、すぐに持ってくるわ」

「あ、待って絵麻。理久も一緒に来ているの。彼女へのプレゼントを探しているみたいで。アドバイスしてくれない?」

「理久君? あ、ほんとだ。分かった。任せて」

絵麻は奥のスタッフルームに下がり、五分もかからないで戻って来た。

手袋をした手に、ふたつの小箱を持っている。

ひとつは青。もうひとつは緑。

「はこだーきれい」

目を輝かせる雅の前に絵麻が箱を差し出す。

「さあ雅ちゃん、どっちにする？」

「くれるの？」

「そう、雅ちゃんにプレゼント」

「わあ、ありがとう」

雅は大喜びで、緑の箱を指した。

「こっちがいい」

「緑ね、詩織の予想が合ったわ。雅ちゃん、綺麗に包むから待っていてね」

「うん」

絵麻は器用に小箱を包んでいく。

緑の包装紙に金のリボン。雅が好きそうな出来栄えだ。

「はい、どうぞ」

「ありがとう」

雅は大事そうにプレゼントを手にして満足顔だ。

「あ、理久君、こんばんは」

絵麻が詩織の背後に目を向けて笑顔になった。

「絵麻さん、久しぶり。いい店だね」

「ありがとう。今日は彼女のプレゼントを選びたいんだって？」

「詩織に聞いたんだ。何点か候補見つけたんだけど迷ってるんだよな」

「だったら後で何点か提案するわ」

絵麻はそう言うと素早く店内を見回した。

「ねえ、ちょっと奥で話さない？」

「いいけど、大丈夫なの？　仕事中でしょ？」

「残念ながら今日は暇だもの」

先ほどまでいた客は皆帰ったのかフロアにはスタッフだけだ。絵麻はふたりのスタッフのうちのひとりに声をかけた。

「少し外すので、何かあったら呼んでください」

「はい」

絵麻は詩織と理久を奥のスタッフルームに案内してくれた。

壁際にはミニキッチン。ソファとローテーブル。テレビに小さな冷蔵庫があり一見普通の居間のようだ。

絵麻はテレビを付けて幼児が好きそうなアニメを映す。

「雅ちゃん、こういうの見る？」

「うん。すきだよ」

雅はソファにちょこんと座ってテレビに見入る。

「飲み物用意するわ。詩織、雅ちゃんはココアでいい？」

「うん。ありがとう」

詩織と理久はコーヒー。雅にはココア。

部屋に冷房が効いているので、温かいものだ。

「昨日電話で話したことだけど」

絵麻は雅をちらりと見て声を潜める。

昨夜の話というのは、大雅との結婚と、彼が雅の父親だという話だ。

家族親族以外は、絵麻にだけ打ち明けている。

「驚いたわ。しかも筒香さんが、詩織が初めて夜遊びしたとき出会った人だなんてね。どうりでこの前見覚えがあると思ったのよ」

「やっぱり気付いてたの？」

「見た瞬間、どこかで会ったことがあると思ったわ。でも筒宮ホールディングスの御曹司だって聞いてたから、メディアにでも出演していたのかと思って」

「そうなんだ」

「雅ちゃんの顔立ちは彼譲りなのね」

絵麻の言葉に、理久が頷いた。

「すごくいい男だもんな。あの人が詩織への好意駄々洩れのところに、俺が恋人だって言われたときはいたたまれなかったな。しかもめちゃくちゃ敵意を向けられたし」

理久が溜息交じりに呟く。

「あのときはごめんなさい。本当に悩んでいる時期で、咄嗟にあんな嘘をついてしまったの」

「まあいいけどな。誤解が解けたみたいだし」

「敵意って、結構嫉妬深いの？　昔はクールに見えたけど」

絵麻が意外そうにする。

「思ったよりは。でもそこまででもないよ」

本当はかなり嫉妬深いし独占欲が強いと知っているが、それは詩織だけの秘密にしたい。

「愛されてる証拠か。羨ましいわ」

「絵麻は恋人は当分いらないって言ってたじゃない」

「そうだけど、詩織を見てたら気が変わったかも。幸せでしょ？」

「うん。すごく」

正直に答えると、惚気るなと怒られてしまった。

だけど幸せなのだから仕方がない。

「結婚式とかどうするの？」

「出来たら挙げたいと思ってるけど、まだ先かな」

「そう。決まったら招待してよ」

「もちろん」

絵麻の店で理久とも別れて、雅とふたりで帰宅をした。

「ただいまー。あ、今日はお母さんたちいないんだった」

ふたりで舞台を見に行くと言っていた。

（結構仲がいいよね。私も大雅とそうなれたらいいな）

年を取っても、お互いを大切にして、想い合いたい。

「ママ、なにたべるの？」

手を洗っていた雅が戻って来て尋ねた。

「お腹空いたよね。そうだなー、オムライスとたまごチャーハンとどっちがいい？」

「ええとね、オムライス」

「そう。じゃあ手伝ってくれる？」

「うん！」

雅は詩織が料理をすると手伝いたがる。

今夜も一緒に時間をかけて、楽しい夕食作りをした。


九月の二週目。まだまだ残暑が厳しい中、楽しみにしていた親子三人の旅行の日がやってきた。

高原のホテルまで、大雅の車でロングドライブだ。

彼のＳＵＶ車の後部座席には、雅のためのチャイルドシートが用意されていた。

「雅ちゃんはここに座るんだよ」

大雅が言うと、雅はこくんと頷く。

「ママはどこ？」

「ママは隣だ」

大雅が優しく答える。今回の旅行が上手くいけば、雅に彼が父親だと言うと決めている。

道中は幼児の負担にならないように休憩を多めに取るようにした。車内には大雅が用意していた子供が好きなアニメソングが流れ、雅はとても楽しそうだ。

高速を進むにつれ、景色が変化していく。

遠くに見えた山々が段々と近づき、避暑地に来たのだと実感する。

「ママ、たいがお兄ちゃん、あれ何？」

窓の外を眺めていた雅が、高い声を上げた。

彼女の視線の先を追った詩織が、ああと頷いた。

「あれは観覧車だよ。雅はまだ乗ったことがなかったね」

「かんらんしゃ？」

「そう。箱に乗ってお空の上に運んでもらうの」

しかし遠目にも随分大きな観覧車だ。この辺にテーマパークがあっただろうか。

「あれは、これから行く予定の動物園の隣にある遊園地のものじゃないかな」

詩織たちの会話を聞いていた大雅が、疑問に答えてくれた。

「遊園地もあるんだね」

「行ってみるか？」

「そうだね。雅が興味あるみたいだし。雅、観覧車乗りたい？」

「うん、のりたい！」

元気な声が響くと、大雅がよしと頷いた。

「予定を変更して動物園と遊園地に行くぞ。思い切り遊ぶぞ！」

「はーい！」

楽しそうな大雅と雅を見ていると詩織の心も弾む。

（両方行くなんて大忙しね。でも雅が楽しそうでよかった）

まずは遊園地に行った。

雅の目的はもちろん観覧車。遠目で見るより格段に巨大なそれに、雅は興奮し早く乗りたいと詩織と大雅の手を引っ張る。

大雅もやる気でふたりしてずんずん乗り場に向かっていく。

しかし、実は詩織はアトラクションが苦手だった。

特にゆっくりと進むために滞空時間が長く、ゆらゆらと揺れる観覧車は不安要素がぎっしりと詰まっており生きた心地がしないほど。

平均よりも明らかに大きなそれを見上げて足がすくみそうになる。

（無理でしょ……）

「ママーはやくー」

雅が無邪気に詩織を手招く。

(私が乗らないと雅が不安がるよね……行くしかない)

詩織は必死の思いで足を踏み出した。


「うっ……」

観覧車から降りた途端、詩織はよろよろとベンチに座り込んだ。

(怖かった……)

ただでさえ苦手なのに、今日は風が強いようで、ゴンドラがぐらぐらと揺れて落ちてしまうんじゃないかとひやひやした。

それなのに大雅と雅はものすごく楽しそうに、景色を眺め仲良く感想を言い合っているのだから、度胸がある。

(こういうところ、雅は大雅似だわ)

「大丈夫か？　なんで苦手だって言わなかったんだ」

冷たい飲み物を買ってきてくれた大雅が、心配そうに言った。

「だって、雅を乗せてあげたかったたし」

「だからって」

「ママ、だいじょーぶ？」

ベンチに座る詩織の膝に小さな手を乗せて、困ったような顔をする娘に、詩織はなんとか微笑みかけた。

「少し休んだら治るから大丈夫。次は何に乗るか考えてね」

「うん……」

「詩織無理するな」

大雅が詩織の肩に手を置こうとしたとき、雅が先に口を開いた。

「ママ、おやすみしてていいよ。みやはたいがおにいちゃんと、いっしょにのるから」

「え？　でも……」

思わず大雅と顔を見合わせる。

「雅ちゃん……俺とふたりで大丈夫なのか？」

「うん、だいじょーぶ。つぎはあれがいいな」

雅が指したのはメリーゴーランド。

「あれを、大雅と？」

「うん、ばしゃがいい」

確かに童話のお姫さまが乗りそうな可愛らしい馬車がある。

「大雅、大丈夫？」

さすがにあれには乗ったことがないはずだ。

「ああ。行ってくるよ」

若干戸惑っていた大雅だが、気を取り直したように雅の手を取り、メリーゴーランドに向かっていった。

並んでから五分ほどしてふたりは馬車に乗り込んだ。

雅がこちらに向かって手を振っている。

ここまで聞こえないけれど、「ママ！」と呼びかけていそうだ。

詩織も手を振り返す。

メリーゴーランドがゆっくり動きだした。

雅が楽しそうに笑っている姿がよく見える。

（本当に楽しそう。ああしていると普通の親子に見える）

先ほど雅が、大雅とふたりだけで乗ると言ったとき、正直言って驚いた。

（大雅に対して、かなり気を許している証拠だよね）

きっと上手くいく。明るい予感に心が弾んだ。

「ぐっすり眠っているな」

ベッドで寝息を立てる雅を見て、大雅が囁くように言う。

昼間、夢中で遊んだ疲れが一気に出たのか、雅は入浴後に糸が切れたように眠ってしまった。

「夜はホテルの中を探検するって、張り切っていたのにね」

と言っても、詩織は無理だろうと予想していたが。

詩織たちが宿泊するのはホテルの離れと呼ばれるコテージで、整然とした緑の樹々の中に点在しているうちのひとつだった。

コテージの前庭ではバーベキューが出来るようになっている。部屋はツーベッドルームと広いリビングが付いた、かなりハイクラスの部屋で雅は一目見て気に入りはしゃいでいた。

コテージの周りがライトアップされて、夜の散歩も素敵そうで、みんなで歩こうと楽しみにしていたのだけれど。

「明日はバーベキューをして、ホテルの周りを散策しよう」

「いいね。森林浴でリフレッシュ出来そう。雅は散歩が大好きだし。昼間も本当に楽しそうだった」

あんなにはしゃぐ娘を見るのは初めてかもしれない。

「大雅、ありがとうね」

「どうしたんだ、改まって」

「ここに連れて来てくれて。雅はとても喜んでいるし、私も幸せ」

「俺の方が幸せだよ。今日、雅ちゃんが俺と一緒にメリーゴーランドに乗るって言ったただろ？　嬉しかったんだ。心許してくれているような気がして」

「多分、許してるんだよ。あ、ふたりの写真撮ったの」

大雅と共にベッド脇を離れ、居間に移動する。

バッグのスマートフォンを取りに行き、昼間に撮ったばかりの写真を画面に表示した。

ふたりともカメラ目線で手を振っている。とても上手く撮れていた。

「こうして並んで見ると、大雅と雅は似ているね」

「そうかもしれない」

大雅は写真にじっと見入っている。

「大雅に似てるからきっとすごい美女になるね。今の姿からは想像出来ないけど」

現在は可愛いの一言に尽きる。親ばかかもしれないけれど、笑顔を見るとぎゅっとしたくなる。

「明日は三人で撮りたいな」

大雅がしみじみした様子で言う。

「うん。バーベキューしているところとか。ホテルの人にお願いしたら撮ってくれるかな」

「ああ。不思議だな。俺は写真に残すことにほとんど関心がなかったのに、詩織と雅ちゃんと過ごす時間は記録したくなる」

「それは大切な時間だって思っているからだよ。私もね、雅の成長を残したくて、まめに撮るようになったもの」

「そうだな……とても大切だよ」

大雅はスマートフォンをテーブルの上にそっと置き、詩織の頬に手を添えた。

目が合い、詩織は微笑んだ。

「大雅が好き」

「俺も同じ気持ちだ」

「素直に気持ちを言えるようになって嬉しい」

言葉の代わりに彼は顔を近づけた。

詩織がゆっくり目を閉じたとき、唇が重ねられた。

二度三度とキスを繰り返している内に、いつの間にかふたりの間に隙間はなくなっていた。

誘い合うように、大雅が使う寝室に向かいベッドで抱き合う。

「詩織、愛してるよ。これから先もずっと」

「私も。大雅しか見えない」

素肌で触れ合うと、愛しさが増していく。

何度も求め合い、詩織が雅の眠るベッドに戻ったのは、夜が更ける前だった。


詩織も大雅も寝不足のはずなのに、八時前に目が覚めた。

普段は早起きの雅は、まだぐっすり眠っている。昨日の疲れが残っているのだろう。

静かに起きて身支度をしてベッドルームを出る。外の空気を吸いたくてコテージから出て、玄関近くに置いてあるチェアに腰かけた。

ここだったら中の様子も分かるし、安心だ。

自然が豊かなためか、空気が新鮮で気持ちよい。

ゆったりした気分で寛いでいたそのとき、土を踏みしめる足音が聞こえて来た。誰だろうと視線を音のした方に向けた瞬間、詩織は驚愕して息を呑んだ。

真っすぐこちらに近づいて来ているのは、緑川美里だったのだ。

偶然とは考え辛い。彼女はライトグレーの高級感溢れるスーツ姿で、旅行に来たようには見えないし。

動揺している内に、詩織の目前まで来た美里は何かに怒っているように険しい表情だ。

「小桜詩織さん、久しぶりね」

「緑川さん……」

「あなたに言いたいことがあるの」

詩織が口を開く前に、美里の方が切り出した。

「私に？」

「単刀直入に言うけど、大雅さんに付きまとうのはやめてほしいの」

「つ、付きまとうって……」

予想外の発言だった。彼女はそんなことを言うために、わざわざやって来たのだろうか。

（それほど大雅に気持ちがあるの？　でも緑川家とはちゃんと話をつけて、社長だって、迷惑をかけたと謝って来たはずなのに）

それきり美里の話題は出なかったから、もう解決したのだと思っていた。

「……私は彼に付きまとってる訳ではなく、ちゃんとお付き合いをしています」

詩織が反論したからか、美里は不快そうに顔をしかめた。

「あなた自分が大雅さんに相応しいと思ってるの？　父親のいない子供を育てているくせに」

（雅のことを知ってるの？）

美里は詩織の情報まで調べたのだろうか。

そこまでするのかと彼女の執念に慄いていたとき、コテージのドアが開き大雅が出てきた。彼の顔は警戒しているように強張っており美里の訪問に気付いているのは明らかだった。

「あなたがなぜここにいる？　偶然のはずがないだろう」

冷ややかな声音から彼の機嫌の悪さが窺える。対して美里はこんな状況なのに笑顔を見せた。

「ええ、大雅さんがこちらに来ていると知って、慌てて追いかけて来たのよ」

「つまり俺の行動を監視していたのか？」

「だって、大雅さんがその女に騙されているのを見過ごせなかったのよ」

美里は詩織に憎々しげな視線を向けた。

びくりと体を揺らし反応した詩織の前に、大雅が庇うように立ちふさがり、美里の視線から遮断してくれた。

「彼女を貶めるのは許さない」

「その女は学生の頃から大した取り柄もなかったのよ。それに邪魔な子供がいるようなデートなんて大雅さんには合わないでしょう？　私とだったらレベルの高い会話が出来るし、世間の評価だって上がるはず。今回私に恥をかかせたことは許せないけど水に流して……」

「黙れ。うるさいんだよ」

地に響くような大雅の声が美里の発言を遮った。

「警告したはずだよな？　次に詩織に危害を加えようとしたら許さないと」

大雅の言動があまりに冷酷なためか、それまで堂々としていた美里が顔色をなくしていく。

「き、危害なんて加えていないじゃない。ただ私は事実を……」

「うんざりするような汚い言葉を詩織の耳に入れただろう。もう今までのように穏便に済ます訳にはいかないな。緑川社長にもそう伝えてもらえるか？」

冷笑すら浮かべる大雅は詩織から見ても恐ろしいくらいだった。

「わ、私はただ大雅さんの結婚相手には私が相応しいって……初めて見たときから好きだったのよ。だからあなたが子連れで旅行に行ったと聞いて堪えられなくなって……身を引かないこの女も許せない」

それまでの強気が鳴りを潜めた美里の口から、大雅への想いが零れだす。

詩織は彼女の言葉にショックを受けながらも、納得していた。

素行調査をしたり旅先に押し掛けたり。普通では考えられない行動は、彼女が恋に狂ったからなのだ。自分では抑えられないほどに。

きっかけは政略的な見合い話だったとしても、美里は大雅に心を奪われてしまった。

詩織に攻撃的なのもそれだけ大雅を想っているから。だけどその切実な訴えは彼の心には響かないようだった。

「だから何だ？　好きだったら何をしてもいいのか？　俺は何度も君との結婚は考えられないと伝えている。丁寧にこちらの事情も説明した。それなのに君は自分の感情を優先してこちらの迷惑は顧みず、詩織を悪く言った。許せることじゃない」

「そんな……」

「俺は大切な人を守るためなら何でもする。さっき世間の評判とか言っていたがそんなのは関係ない。脅しにもならないと伝えておく」

美里は相当なショックを受けているのか、反論が出来ない様子だった。

踵を返して元来た方に去っていく。その先にはスーツ姿の男性がこちらの様子を窺うようにしていた。恐らく彼女の連れなのだろう。

嵐のような美里の登場だったが、ようやく静けさが戻って来たことで詩織は肩の力を抜いて息を吐いた。

「詩織、大丈夫か？」

大雅が気遣わしげに声をかけてくる。

「うん、急に彼女が来て驚いたけど、大雅が来て庇ってくれたから平気」

「そうか」

ほっとしたように表情を和らげる大雅はもう普段の彼だ。

「緑川美里さん……大雅が本当に好きだったんだね」

大雅は返事をしなかったけれど、きっと気付いているだろう。

「大雅に振られたのが納得出来なくてあんな行動をしちゃったのかな。相手が私だってのも許せなかったのかも」

「もしそんな風に思っているのだとしたら、俺の方が許せないな」

顔をしかめる大雅に、詩織は微笑んだ。

「分かってる。彼女とのやり取りでも大雅が私をとても大事にして守ってくれているのが伝わって来たもの。嬉しかった、ありがとうね」

「当たり前だ。詩織は俺の大切な人なのだから。何があっても守る。緑川美里は二度と近寄らないように帰ったら対処する。だから詩織はもう心配するなよ」

「うん、これで本当に終わったんだね」

大雅は詩織の肩を抱いた。その頼りがいのある体に寄り添いながら詩織は幸せを感じたのだ。


「ママ、たいがおにいちゃん、おはよう」

緑川美里が騒いだときもぐっすり眠っていた雅は、十時過ぎにようやく目覚めご機嫌に挨拶をして来た。

「おはよう。お着替えしようね」

この日のために用意した、ピンクのワンピースと細身のパンツでちょっとお姉さんっぽいコーディネートしてあげる。

「はい着替え終わり。可愛く出来たね」

「うん、あたらしいおようふく」

体は疲れているはずなのに、気持ちが充実しているせいか、爽やかな気持ちだった。

それは大雅も同じようで、楽しそうに雅に今日の予定を話して聞かせている。

「今日のお昼ご飯は外で食べるんだ」

「おそとで?」

「そう。この家の前で肉と野菜を焼くんだよ」

「えーたのしみ」

雅はぴょんぴょん跳ねて、窓に駆けていく。家の前の様子を見ようとしているのだろう。

「たいがおにいちゃん、どこでたべるの?」

窓に張り付いても分からなかったようで、振り返り大雅に声をかける。

大雅は優しい表情で雅に近づき、背の高さを合わせるように腰をかがめた。

「あそこだよ。テーブルみたいのがあるだろう?」

「うん、ある。はやくいこう」

「用意が出来たらね」

「そうなんだ」

雅はソワソワして落ち着かない。コテージの中をうろうろしている。

「早く用意しなくちゃね」

大雅と笑い合いながら、準備を始めた。


昼はバーベキューを楽しみ、午後は少し足を伸ばした牧場でポニーに乗った。

何もかも初めての体験の雅は目をキラキラ輝かせて、満喫している。

詩織はそんな彼女を写真に収めた。

夜は大雅の会社が経営するレストランで食事をして、腹ごなしにライトアップされたコテージの周りを散歩した。

とても楽しかったが、雅が眠くなりそうなので早めに部屋に戻り、順番にお風呂に入る。

パジャマを着てリラックスした雅は、ベッドに座りながら「明日は何をして遊ぶの?」と張り切っていた。

「明日はお家に帰るんだよ」

「えーかえりたくない」

雅はしょんぼりと眉を下げた。

「また来ような」

「うん……」

大雅が優しく言っても、雅は納得出来ないのか暗い顔のままだ。

「雅、また来られるからね」

「でもおうちにかえったら、たいがおにいちゃんとおわかれなんでしょ？」

「え？」

「みや、さみしいな」

詩織と大雅は顔を合わせ見つめ合った。

言葉にしなくても、今ここで打ち明けようと、自然にふたりの心が重なった。

「雅、あのね、大事な話があるの」

「なに？」

雅はこてんと首を傾げる。

「大雅お兄ちゃんのことなんだけど」

「うん」

視界の端に大雅が映る。彼はかたずをのんで詩織と雅のやり取りを見守っている。

「大雅お兄ちゃんは雅のお兄ちゃんじゃなくて、パパなんだ」

雅はきょとんとした顔をした。

「パパ？」

ショックを受けるというより、よく分かっていないようで不思議そうな顔で大雅を見る。

「そう、パパなんだよ。ゆうちゃんにはパパがいるでしょ？」

「うん」

「雅のパパは大雅なのよ」

雅は一瞬黙ったが、次の瞬間にこりと笑った。

「たいがパパ」

「そうだよ」

雅の心が心配だったけれど、詩織が思っていたより彼女は柔軟だった。

躊躇いなくパパと口にして、大雅にニコニコ笑いかけている。

「雅ちゃん……」

大雅は感動したように、雅を抱き上げた。

「パパ」

雅は楽しそうに笑う。大雅の瞳が揺れているように見えた。

そんなふたりを見ていたら、たまらない気持ちになって詩織はふたりに抱き着いた。

「雅、大雅、大好きだよ」

「みやもだいすき」

「ふたりとも大切だ。何よりも」

大雅の頼りがいのある腕が詩織と雅を包む。

雅の明るい笑顔。

(ああ、なんて幸せなんだろう)

沢山間違えたけれど、ようやくたどり着いた。

この愛しい時間がずっと続きますように。

詩織は願いを込めて大切な人たちを抱きしめた。

END

あとがき

こんにちは、吉澤紗矢《よしざわさや》です。

『赤ちゃんを秘密で出産したら、一途な御曹司の溺愛が始まりました』をお手に取っていただき、ありがとうございました。

マーマレード文庫様では三冊目になる本作では、シークレットベビーのお話を書きました。

このテーマは二作目になりますが、今回も子供を書くのって楽しいなと思いました。

主役ふたりの子供は三歳の女の子なのですが、この年齢ってどんな感じだったかなと、娘の幼い頃の動画を見たりしました。

懐かしくてつい見入ってしまったりと、つい脱線しながら書き終えた本作ですが楽しんでいただけたら嬉しいです。

幸せな家族が描かれた表紙は、浅島《あさじま》ヨシユキ先生に描いていただきました。ヒーロー、ヒロインどちらも美しく、娘はとっても可愛いです！　素敵なカバーイラストをありがとうございました。

また出版にあたり関わっていただいた全ての方に深く御礼申し上げます。

最後に読者様に感謝を。どうもありがとうございました。

マーマレード文庫

赤ちゃんを秘密で出産したら、一途な御曹司の溺愛が始まりました

2022年7月15日　第1刷発行　定価はカバーに表示してあります

著者　吉澤紗矢　©SAYA YOSHIZAWA 2022
編集　株式会社エースクリエイター
発行人　鈴木幸辰
発行所　株式会社ハーパーコリンズ・ジャパン
東京都千代田区大手町1-5-1
電話　03-6269-2883（営業）
0570-008091（読者サービス係）
印刷・製本　中央精版印刷株式会社

Printed in Japan ©K.K. HarperCollins Japan 2022
ISBN-978-4-596-70965-3

m a r m a l a d e b u n k o